ファルセットの時間

坂上秋成

Sakagami Shusei

筑摩書房

ファルセットの時間

初出　「早稲田文学」二〇二〇年夏号、早稲田文学会

ショッキングピンクのコートを着た少女は、今日も一番奥の席にすわっている。

神保町の駅近くの路地裏にある純喫茶の中で、彼女の姿は明らかに浮いていた。店内の客はワイシャツにネクタイを締めた会社員風の男性と、白のニットを着た女性だけだ。会社員風の男性はイヤホンを耳に付けながらノートパソコンを開いて、何かしらのグラフを作成していた。女性の方は時折窓の外に目をやりながら、ゆっくりとシフォンケーキを口に運ぶ。

入り口近くの席に腰を下ろし、マンダリンを注文した。先日、コンタクトレンズの度をすこし強いものに変えたので、店の奥までよく見とおすことができる。会社員をはさんだ向こうに見える少女は美しかった。ファンデーションを薄く塗り、アイシャドウとアイライナーで目元を涼しげに整えて、おそらく目尻が長いタイプのまつげを付けている。肩口まで伸びたアッシュグレーの髪が、ショッキングピンクのコートに映えている。彼女はいつも、コートを着たままでコーヒーを飲む。その下にどんな服を着ているのか、こちらには分からない。数秒見とれたところで目が合ってしまった。不自然に思われないよう視線をそらし、かばんから文庫本を取り出した。

冬になったとはいえ、室内にいればまだそれほど寒さは感じない。トレンチコートを脱いで、椅子の背にかけた。前にふくれた自分の腹が目についた。ぶよりとした肉がベルトの上にのっている。月に一万五千円支払っているジムにはほとんど通えていない。全身の脂肪は着実に増え続けている。

五十ページほどをその場で読み進めた。やたら口の回る男を主人公にしたミステリー小説だ。終盤にさしかかり事件の内容はすべて示されたものの、犯人の目星はまったくついていない。読んでいたページに水色のしおりをはさんで、トイレに向かう。立ったまま用を足し手を洗ってから、正面にある鏡で自分の顔を確認し、席に戻る。少女の横を通り過ぎる。ピンクのコートの下にはタータンチェックのスカートと高さ五センチほどと想われるヒールを履いていた。悪くない組み合わせだ。会社員風の男性は職場に戻ったのか、いつの間にか姿を消していた。一層、少女の姿を視界におさめやすくなる。文庫本を読みながら、三ページ進むたびに正面へ目を向けた。少女の細い脚を、うらやましく思う。せめて近くにすわる勇気があれば、彼女と自然に話す機会も生まれているかもしれないのに。

少女と出会ってから、すでに二ヶ月が経過している。初めて彼女を見たのもこの喫茶店で、それ以来仕事上がりにほぼ毎日ここへ通い、五回ほど遭遇することに成功した。どうやら彼女は毎週土曜日の夕方に店をおとずれているようだった。それが分かっていたのでおそらくは今日も会えるだろうという期待を、朝から抱いていた。家で映画を観たりスマートフォンをいじったりしている最中も、彼女のことを考え続けた。どのようにすれば、おどろかせずに話しかけることができるだろうか。

彼女はメニューを開き、グリルドチキンサンドを注文する。先週は海老とアボカドのサンドを食べていた。サンドウィッチの種類にこだわりはないのかもしれない。

それとキリマンジャロをお願いします、と少女は言った。

いつものように、どこか違和感のある声だ。かすかな緊張もうかがえた。私は本を置き窓の方に顔を向けながら、そこに映る少女の姿を見ていた。彼女はファッション雑誌をぱらぱらとめくりながらサンドウィッチを食べる。時折、きょろきょろと視線を泳がせて、周囲の目を気にしているようなしぐさを見せる。

二十分ほどして、少女が席を立ちレジに向かった。今日だ、今日こそ彼女と話をしよう。あまり距離を詰めすぎないよう注意しながら、私もレジへ向かい、少女のあとで会計を済ませた。彼女は大通りに出て、駅の方へと進んでいく。背後から観察していると、足取りはどこか頼りなく、ハイヒールで歩きなれていないように見えた。一歩一歩、かかとが折れないかを気にしながら歩いている様子だ。人をよけながら彼女は進んでいく。地下鉄に続く階段はすぐそこだ。先週もその前も、彼女はそこを降りていった。いま声をかけなければ、同じことの繰り返しになってしまう。足を速めた。彼女の背中がすぐそこにある。肩に手をかけ、あのすいませんと口にした。びくりと身体をすくませて、少女がこちらを向いた。

さっき喫茶店で一緒だった者ですが、これ、落としてませんか。

私はあらかじめ雑貨屋で買っておいた赤い財布を取り出し、彼女に見せた。

いいえ、わたしのじゃあ、ないです。

そうですか、すいません。ちょうどあなたが会計を済ませた後、入り口のところに落ちていたものですから。

ご親切にありがとうございます、お店か交番に届けてあげてください。

そうします。

彼女の声には喫茶店で聴いた時と同じ違和感があった。高く伸びる声の底に、わずかなかすれが残っている。

あの。

なんですか。

男の人ですよね。

少女の顔に嫌悪の色が浮かんだ。正面に立ってみると、身長はイメージしていたよりも高く、百六十センチ代の後半はありそうに見えた。顔にひげの剃り跡はなく、光沢のある肌色が艶めいている。踵を返して立ち去ろうとする彼女の前に回りこんだ。

やめてくれませんか、大声出しますよ、と彼女は言った。

違うんです、ナンパとかじゃないし、危害を加えたりもしません。

じゃあ、なんなの。

少し、話をしたくて。

それ、ナンパでしょ。

そうじゃなくて、僕も、女装してたことがあるんです。

眉毛の角度が変わった。心なしか、彼女の警戒がゆるんだように見えた。けれどすぐに、再び怪訝そうな目つきになった。彼女の方が黙ったままなので、こちらが言葉を続けた。

だから話を聞いてみたいってだけで、下心とかそういうのはないんです。

おそらく少女は三十四歳になる私よりもひと回りほど下の年齢だろう。その齢の頃はスカートをはくのが楽しみでしかたなかった。同じようなことを少女が考えているのか、それとも私とはまったく別の理由で女装しているのか、それをたずねたかった。

ちょっと急ぎの用があるんで、と少女は言った。周囲の人々も私たちのやりとりをちらちらとうかがっている。大事にしたくはない。かばんを漁り、名刺を取り出した。

分かりました、ごめんなさい無理に引き留めて。これ、僕の名刺です。竹村というのが僕の名前です。電話番号とメールアドレスが書いてあります、その番号で検索すればＬＩＮＥのアカウントも出てきます。連絡してほしいです。

少女は名刺を受け取ってくれた。何かものめずらしい点でもあったのか、数秒のあいだ、それをまじまじと見つめていた。

とにかく、行きますから。

はい、時間とらせて、すいませんでした。あ、でも最後にこれだけ。昔、女装してた時の写真です。だいぶ体型とか変わっちゃってるから分かりにくいかもしれないけど、でも、嘘ついてるわけじゃないのは信じてほしくて。

私が差し出したスマートフォンの画面を彼女は食い入るようにのぞきこみ、今ここにある私の顔と表示されている写真のそれとを見比べた。それから何も言わず、かつかつとヒールを鳴らして階段を降りていく。ヒールが折れたりしないかと不安に思いながら、私はしばらくその場に立って後ろすがたを眺めていた。

二日経っても、少女からの連絡はなかった。仕事中もずっとスマートフォンを確認し、別のところで鳴った電子音を自分のものだと思いこんで動悸を激しくするような時間が続いた。少女を探す手がかりは何もない。会社に行き仕事をこなし、帰宅して家族と話し、本を読んだりネットを見たりした後で床に就く。日常を過ごしながら、待ち続けることしかできなかった。初めて喫茶店で彼女を見かけた時、すぐさま違和感を覚えた。おそらく街を歩く人の大半は気付かないだろう、かすかなずれのようなものだ。その時彼女は私のすぐ前の席にすわっていたため、じっくりと身体や動作を観察することができた。コートの上からでも肩幅の広さが分かった。筋肉や脂肪の問題ではない。そもそもの骨格が女性のものとは違っている。整った顔にメイクをほどこしているが、ところどころ間違っている。眉毛のいじりかたは微妙にずれているし、シャドウは濃すぎるし、塗っている紅色のリップはいささか色が強い。何より、髪の毛のごわごわとした感じが気になった。自然なものではない。安いプラスチック製のウィッグを装着しているのだとすぐに分かった。

彼女が店員に注文をした際の声で、男であるという確信を得た。同時に、もったいないなという感想を抱いた。まだ若く、素材もいいのにそれを上手く処理できていない。服のセンスは悪くないが、ピンクのコートに濃紺のデニムという組み合わせはいまひとつしっくりこない。メイクにも服装にも、どこかぎこちなさが残っていた。その感覚を私は知っている。初めて化粧をして女物の服を着た時、鏡に映った自分を見て抱いた印象に近いものだ。彼女と話をしてみたいと思った。どうして女装をしているのかを訊きたいと考えた。もしかしたら、彼女にとって意味のあるアドバイスもしてやれるかもしれない。

女装仲間とはもう何年も会っていない。彼女たちが溜まり場にしていたバーに顔を出すこともなくなった。私は自分の欲望がとうの昔に鳴りを潜めたと思っていた。普段の生活の中で服や化粧のことに思いを馳せる時間などいまはほとんどない。喫茶店ですわっている少女を見て、欲望に小さな種火が灯った。この数年間の暮らしにさびしさを覚えていたのだと理解し焦燥が生まれた。話をしなければいけない。

ちょうど一週間が経って、彼女からＬＩＮＥのメッセージが入った。私の番号を検索してくれたのだ。《どうも》という簡素な文字が並んでいた。すぐに続きが飛んでくるかと思い十分近く画面を凝視していたが何も起こらない。私の方からメッセージを送信する必要があるようだった。気味悪がられるような文面はさけなければならない。なるべく自然な調子で。怪しさの漂わない言葉で。

《こんにちは。連絡くれてありがとう。嬉しいです。》

《今日は土曜日ですね。お仕事は休みですか？》
《僕は今日、特に予定もなく家にいます。よければ食事でもどうですか。》
《お忙しければ別の日でも、もちろん。》
私は四回に分けて、メッセージを送った。用件だけにしぼったもので、特にいやがられるような点はないはずだ。
数分して、彼女から返信が届いた。
《あんたの会社に昨日電話したよ》と彼女は書いていた。
私ははじめ、その意図がつかめずにいたが、すぐに事の重大さに気付きあわてて文をつづった。
《それは、渡した名刺に書いてあった電話番号にかけたってことですか？》
《そう》
《なんでですか？》
《あんたが怪しい人じゃないか、確認しないと怖いじゃん。けど、ちゃんとその会社にいる人だって分かったから、まあだいじょうぶかなって》
《詳細を訊いてもいいですか。どんな感じの話をしたんですか。》
《会社に電話して、竹村さんはいますかって訊いた。そうしたら担当の部署に繋ぎますっ

て言われて、それで本当にそこで働いてるんだって分かったから、すぐに電話切った》
好ましくない展開だった。場合によっては、不審者から私への電話として報告され、上司に追及されることもあり得た。
《承知しました。とりあえず、信用してもらえたということでいいんですか？》
《まあ、そうかな。危ない人だったら、自分のいる会社の名刺とか渡してこないだろうし》
一定の信用を得たのなら、今後彼女が会社に電話するようなことはないだろう。事態を大げさにとらえる必要もないはずだと判断し、私は穏当な返信をした。
《別に今日会ってもいいよ》
《本当ですか。》
《なんで？》
《いや、ちょっと意外だったというか、嬉しくて。場所と時間は何時くらいがいいですか？》
《神保町はもともとよく使うの？》
《そうですね、家からも近いし。》
《俺も電車で十分くらい。神保町でいいんじゃない》

《了解です。じゃあ、六時に神保町で。食べたいもの、何かありますか？》
《なんでもいいの？》
《はい。払いはこちらが持ちます。》
《じゃあ、肉。焼肉食べたい》
《予約しておきます。とれたら店のアドレス送るんで、そこに六時で。》
《はいよ》

そこでやり取りは終わった。神保町で焼肉を食べたことはない。急いで検索をかけ、内観や外観も確認しながら居心地のよさそうな店を探した。彼女がどういった店を想定しているのかは分からないが、騒がしそうなところはさけたほうがいいだろう。「落ち着いた雰囲気」というレビューが書かれている焼肉屋を見つけ、そこに電話をかけてみる。六時から二名で席はあるかをたずねると、だいじょうぶですよと威勢のよい返事がかえってきた。店のＵＲＬを貼りつけたメッセージを彼女に送り、すぐさまシャワーを浴びに向かった。四十分程度で準備を終わらせなければ間に合わない。普段よりも丁寧にひげを剃った。鼻の下とあごには青い剃り跡が見える。十代や二十代の時、私の毛はもっと薄いものだった。へそと陰毛のあいだに毛が生えているようなことも、内ももや乳首からいつの間にか太い毛が伸びているようなこともなかった。顔だけじゃなく、手と指の毛も剃っておいた。

手がきれいだねと彼女が言ってくれる場面を想像した。

散髪に行ったばかりなので、ドライヤーをあてた髪はすぐに乾いた。トランクスをはいてクローゼットを開けたところで、何を着ていくべきかと迷う。彼女はいつものようにピンクのコートを着てくるのだろうか。だとすれば、買ったばかりの緑のコートはさけた方が無難だろう。迷った末、黒のデニムにえんじ色のニットを着て、その上から黒のコートをまとい、首には青と白の二色で編まれたマフラーを巻いた。鏡を見た。顔を見て、それから全身を見た。納得がいかず、髪をいじったりたるみ始めたあごの肉を引っ張ったりしてみたが、何も変わらなかった。

茶色の革靴を履いて家を出る。神保町までは電車に乗って三駅だ。心臓の鼓動は激しいままだった。下心もやましいことも何もない。ただ、少し話をしてみたいと思った相手と軽く食事をとるだけだ。そのように考えるほど、緊張の度合いは増していった。

約束の時間よりだいぶ早く着いてしまった。最初にどんな切り口で会話を始めればいいか、何も考えていない。準備が必要だ。店に入らず、ガードレールに尻をのせて彼女との会話をイメージした。何もまとまらないうちに、肩をぽんと叩かれた。顔を上げると、そこには大きめのスポーツバッグを持った彼女が立っている。予想とは違い、あざやかな黄色のコートに白のパンツをはいている。合わせるのがむずかしいだろう色のコートを、彼女はさも当然という風に着こなしていた。

どうも、と彼女は言った。

早かったですね、といささか急いた調子で私は返した。

待たせちゃったかな。

ぜんぜん。一分か、二分か、それくらい前ですよ、来たの。

ならいいけど。

じゃあ、入りましょうか。

あ、待って。

どうしました。

こういう格好で、よかった？

彼女はか細い声でたずねてきた。心なしか、彼女の方が私よりも硬くなっているように映る。

よく似合ってますよ。黄色を着こなせる人って少ないから、すごいなと。

そういうことじゃなくてさ、その、女の格好してきて、よかった？　メシ食うのに迷惑だったらすぐ着替えてくるけど。ウィッグすぐ外せるし、ふつうの服、持ってきてるし。

彼女が普段は男性の服を着て生活している可能性について、私はみじんも考えていなかった。ウィッグをつけて女性用の服をまとった彼女を、当たりまえのものとして受け入れていた。少し想像して私には関係ないことだなと結論づけた。私は自分が女装していた時、周囲から女としてあつかわれることを喜んでいた。普段どのような生活をしていようと、私にとって目の前の彼女は彼女であり、彼ではなかった。

ごめんなさい、先に言っておけばよかったですね。迷惑なんてことぜんぜんないです、むしろ嬉しいというか、いや、嬉しいっていうのも気持ち悪いかな。でもとにかく、なんの問題もないです。

それなら、よかったよ。

彼女はうすく笑い、初めて私の前で白い歯をのぞかせた。

お酒は飲む方ですかとたずねると、彼女は沈黙をはさんだ後で、そこそこと答えた。店員を呼んで生ビールを頼み、それぞれフードメニューを見た。最近は赤身肉が好きだ。前はカルビばかり頼んでいたが、脂がもう胃に重い。彼女はメニューをぱらぱら見ながら険しい顔つきをしている。なんでも頼んでくださいと言ったが、なかなか注文を決められないようだった。

あんたに任すよ、と彼女は言った。

食べられないものとかありますか。

どうかな。食べたことないのが多いから分かんない、チャンジャって何。

んっと、塩辛みたいなものです、タラの塩辛。

塩辛ってイカ以外にもあるの？

いろいろありますよ。

そっか、美味い？

辛いものだいじょうぶなら、おすすめです。

じゃあそれ頼む。あと肉。カルビと、あとは適当でいいや。

ビールが運ばれてきたのに合わせて、店員にチャンジャとセンマイ刺しとカルビとハラミと牛タン塩を注文した。乾杯を言う前に彼女がビールに口をつけたので、私もそれに合わせて飲み始めた。

そういう趣味の人なの、と彼女は言った。

そういう趣味というのはどういう？

女装してる男が好きなのかって意味。

そういうわけじゃないですよ。

何歳？

三十四です。

思ったより上だね。十八個違いか、もうちょっと若いと思った。

十八違い？

うん。

今十六歳ってこと？

そうだよ。

彼女から視線をそらし、残っていたビールを一気に飲み干した。卓上のベルを鳴らして店員を呼び、麦焼酎のジャスミン茶割りを頼んだ。少し深く息を吐いた。目の前にすわっている彼女の顔を見る。そこにある肌を見る。これまではきれいな肌だなとしか思っていなかった。十代のものだと言われると、そのみずみずしさが一層際立って感じられた。かすかに塗られたファンデーションの奥に、毛穴やしみと無縁な肌が透けて見えた。

何歳だと思ってたのさ、と彼女が訊いてくる。

二十二くらいかなって。

え、マジで。そんなに老けてみえるのか。結構ショックなんだけど。

二十二という年齢に老けていると言い放てる彼女が遠く感じられた。テーブルに置かれた自分の左手に目をやった。ごつごつと骨ばって血管が浮き上がっており、乾いた肌の表面にはいくつもの毛穴が噴き出している。年々、手の甲の毛は太くなっている。前はたまにかみそりで剃れば十分だったのに、今では毛抜きで一本ずつ抜かないと剃り跡が目立ってしまう。

そういうことじゃなくて、なんていうか、十代っていうのがそもそも考えになかったんですよ。

他にこういう知り合いいないの。

ん?

だから十代の友だちとかそういうのだよ。

いないです。当たり前だけど昔はたくさんいました。自分が女装してた頃、二十代前半くらいには年上にも年下にも友だちや知り合いがいて。今はそういうことないですね。職場に入ってくる新人の人は若いけど、せいぜい仕事をちょっと教えたりするくらいで、友だちっていう距離感にはならない。

そういうもんなんだ、と言って彼女はビールをあおった。チャンジャと、肉がのった大きな皿が運ばれてきた。私は無言でトングを持ち、カルビを二枚、網の上に並べた。肉の焼ける音とともにわずかな脂が跳ねた。焦がさないようじっと肉を見つめ、程よいタイミングでそれぞれの皿にのせた。

そのしゃべり方、やめない?

しゃべり方？

十八個上の人に敬語使われるのとか落ち着かない。普通にしゃべってよ。

ああ、うん、わかった。

あと下の名前、もっかい教えてよ。名刺に書いてあったけど忘れちゃった。

孝志だ。親孝行の孝に 志《こころざし》 で孝志。

竹村孝志ね。タカシさんでいい？

いいよ。

俺、ユヅキね。

それはハンドルネーム？

本名だよ。ネットでなんかやる時も、全部この名前使ってる。偽名使うのどうしても苦手なんだ。

きれいな名前だな。

そりゃ、どうも。

ユヅキは私が焼いた肉を次々と口に放り込んでいった。焼き加減をあまり気にしないのか、表面の赤みが消えた瞬間に彼女は箸を伸ばしていた。

トング、使った方がいいぞ。

なんで、めんどいじゃん。

雑菌とかいるから。一応、安全のことを考えて。

だいじょぶだよ。俺、生焼けの肉でも腹壊したことないし。それに待ってるの嫌いなんだ。

いいけど。でも、そういうとこ見てる人も結構いるぞ。

そんなめんどいやつ、どうでもいいよ。それよりさ、なんでさっきから二枚ずつしか焼かねえの？　もっとまとめて網にのせちゃえばいいじゃん。

彼女は箸でカルビとタン塩を次々に網へとのせていった。自分も昔はこのような食い方をしていたのだと思い出した。ちまちまと焼くのではなく、網の全面を埋めつくすように肉を広げていた。一度にたくさんの肉をのせることに行儀の悪さを感じるようになったのがいつからなのか、分からない。一緒に食べていた女の人に、食べ方きたないねと言われた記憶はある。大量の脂がしみだし、火が燃え上がった。あわてて肉をひっくりかえすが、ユヅキの方はとりわけ気にすることもなく肉を食い酒を飲み進めていた。

このチャンジャっていうの、結構美味いね。

ならよかった。わりと好き嫌い、分かれるから。

初めて食べた。つーか、肉もめっちゃ美味い。たぶん今まで食った肉の中でだんとつ。

さほど値の張る店ではなかったが、ユヅキの満足そうな顔を見ていると、よい店を選んだのだというたしかな手ごたえを感じた。

焼肉屋、結構来るのか。

んーん、焼肉屋自体初めてだよ。前から行ってみたいとは思ってたんだけど、高いじゃん。そんな三千円も四千円もぽんぽん払えないよ。

十六歳の時、私はテレフォンアポインターのバイトをしていた。朝から夕方まで見知らぬ人に電話をかけ続け、もらえる金は八千円程度のものだった。それも、ＣＤや洋服や本を買って映画を観たりすればすぐに溶けてしまう。食い物に金をかけるようになったのは大学を卒業してからのことだ。

ここ、おれも初めて来る店だけど、ネットでの評判は高かったんだ。気に入ってくれたんなら、よかったよ。

もっと安い店でもよかったのに。

ん、だいじょうぶ。ここも別に、特別高い店じゃないから。

そうなの？　すっげー美味いけど。これなんだっけ。

ハラミ。

カルビより好きかも。

十代のやつは、あんまり食べないかもな。

私が一枚の肉を食べているあいだに、ユヅキは三枚か四枚をたいらげてしまう。頼んだ分はあっという間になくなった。センマイ刺しだけがほぼ手つかずのまま残されていた。

それ、苦手だったか。

なんか味しないじゃん。この味噌だれみたいのも、あんま好きじゃない。

それつけて食うのがいいんだけどなあ。

タカシさん、全部食べちゃっていいよ。

もうちょっと頼むか?

え、うん、迷惑じゃないなら。

ユヅキは初めて私の前で申し訳なさそうな表情を浮かべた。これまでの態度から、年上の人間に誘われることに慣れていると思いこんでいたが、実際にはさほどそうした経験はないのかもしれない。

なんかおすすめあったら教えてよ。

ホルモンとかどうかな。

ホルモン?

牛の胃とか腸とか、こりこりしてておれは好きだよ。

ほんとに？　なんか気持ち悪いイメージしかないんだけど。

試しに頼んでみようぜ。他の肉と一緒に。

ビールを二杯、それからミノとギアラと追加のカルビを注文した。店員がちらりとユヅキを見たが、何も言わず戻っていった。

音楽って結構聴く方か？

まあ普通に。

マキシマム　ザ　ホルモンってバンド知ってる？　恋のメガラバとか。

知らない、初耳。

そっか。

ミノとギアラののった皿を見て、ユヅキはあからさまに怪訝そうな顔をした。当たり前のようにホルモンを食べてきたが、よく見ればミノは真っ白ないもむしのような姿をしているし、ギアラの方はたったいま動物の身体から抜き取ってきたと言わんばかりに脂でてらてらと輝いている。食ってみるわと言って、ユヅキはギアラに箸を伸ばそうとする。ホルモンは本当にトング使わないと駄目だと制止し、彼女の代わりにギアラとミノを網へのせた。

表面をあぶるだけではいけない。しっかりと中に火が通るまで待つ必要がある。しばらく網を放置して、私たちは酒を飲んだ。ユヅキが酔わないかどうか心配だったが、顔が赤く火照っていたり呂律が回らなくなっているということもない。酒にはだいぶ強い体質らしい。彼女が未成年だということに気が付いた。通報されるようなことがあれば、責任は私に及ぶだろう。彼女がぐいぐいとビールを飲み干していくのを見つつ、それを止める気にはならなかった。私が初めて酒を飲んだのは彼女と同い年の頃で、それに文句をつけてくる年上の人間たちを不快に思った。不都合なことが生じようと、私が彼女の飲酒を止めるのは卑怯な行為に感じられた。

これ、もう食えるかな。

たぶんだいじょうぶだ。

火ぃ通すとだいぶ見た目変わるね、さっきほどはグロくない。

ユヅキがギアラを口に入れた。噛み切りにくい部位だ。何度も彼女は咀嚼を繰り返した。呑み込んでビールに口をつけた後、なんだこれ、とおどろきの声を上げた。

そんなにまずかったか?

いや、逆。すっげえやわらかくて、とろっとしてて。ぜんぜん想像してたのと違った。

割といいもんだろ。

うん。

焼けて反り返ったミノを自分とユヅキの皿に置いた。表面には軽く焦げ目がついていて、香ばしいにおいが漂っている。あんま味がしないなとユヅキは言った。

ミノはどっちかと言うと食感を楽しむんだ、こりこりしてて歯ごたえがいい。

まあ、そうだけど。でも俺はギアラの方がいいな。

分かりやすい舌だ。味が濃く脂が多いものを好む。私はチャンジャとセンマイ刺しをつまみながら、ミノを中心に食べる。それで十分に楽しめる。ユヅキはギアラと新たに運ばれてきたカルビを次々に焼いていく。緊張はとうに解けていた。ユヅキが勢いよく肉や内臓を食べていく様を眺めるだけの余裕があった。年下の人間とこれだけゆっくり食事をとるのはずいぶんと久しぶりのことだ。かぶっているウィッグが暑いのか、ユヅキは時々ひたいからにじんできた汗を卓上に置いてあるティッシュでぬぐった。そうだ、ウィッグをつけるというのは常に帽子をかぶっているようなものだ。夏場に外を出歩く際は、あふれ出る汗を拭きとるのにいつも苦労していた。

いやー、腹いっぱいだ。

デザートとかは。

いらないい、俺甘いものあんま好きじゃないんだ。

そうか。

最後に冷麺を頼み、それぞれ取り分けて食べた。これもユヅキは初めて口にするものだったらしく、独特の麺の食感を楽しんでいるようだった。ひとつひとつ、彼女は味を覚えていく。

会計、しちゃっていいかな。

うん。

店員を呼びお会計をお願いしますと告げ、運ばれてきた明細を確認して財布から一万円札と五千円札を一枚ずつ取り出した。ユヅキは少しばかり不安げな表情でこちらを見ていた。

あのさ、と彼女はか細い声でつぶやく。それ、全部出してもらっちゃっていいの？

最初からそういう話だっただろ。気にしなくてだいじょうぶ。

でもこんなに高いもんだと思ってなかったから。

今日会うまでに私が抱いていた勝手な印象とは異なり、どうやら実際の彼女はずいぶんと謙虚な人間であるようだった。ユヅキの表情に演技じみたものはなく、純粋に気おくれしているように映った。

安いってわけじゃないけど、予想していたより高いってこともない。

うーん、じゃあ、奢られとく。ありがと。

ん。

会計を済ませて運ばれてきた緑茶を飲みつつ、何かしら話題を提供して彼女の気をまぎらわせようと努めた。あらためて彼女が十六歳であることを意識した。自分が高校生の時、どのような生活を送っていたのかを思い出そうとする。テレフォンアポインターの仕事に飽きてからは、週に三回ばかり家から自転車で十分の距離にある書店でアルバイトをし、あとは普通に学校へ通っていた。それなりに仲のいい友人はいたものの女装のことを打ち明けられるほどには信用できず、多少窮屈な思いをしながら日々を過ごしていた。部活には入っていなかったが大学受験を見据えて早くから塾へ通っていたためバイトの日数を増やすことは難しく、自由にできる金は一月あたり四万円ほどだった。最初はそれだけ稼げば十分だと考えていた。けど女装の質を上げていこうとすると、洋服や化粧にかかる費用でその程度の金はすぐに消し飛んだ。にきびのできやすい体質だったため、皮膚科に通う金もそれなりにかかった。いまの私がさほど裕福というわけではないが、二人でたらふく肉を食って酒を飲んで一万円程度なら、妥当な金額だと思えてしまう。

茶を飲み終えにおい消しのガムを噛んでいるあいだ、私たちはほとんど会話をしなかったが、居心地の悪さはなかった。肉を食べている二時間あまり、彼女が自然な調子で話してくれたおかげだ。時刻はまだ八時半にもなっていない。

普段、何時くらいに家帰ってるの、と私はたずねた。

バラバラだよ。遅くなって怒られるとかはないから。

そのへん自由なんだ。

うち両親が共働きでどっちも帰り遅いから、あんま気にされないんだよね。朝帰りとかだとさすがに怒られるけど。

もうちょっとだけ、飲み行かない。

あ、うん。

代金はおれが持つから。

いいのかな。

いいよ。

ありがと。

ユヅキ、こういうの慣れてないの。

何が。

声かけてきた人と一緒にメシ行くみたいな。

はあ？

ユヅキは荒げた声を出し、眉間にしわを寄せてこちらをにらんだ。

そんなほいほい知らないやつについてったり連絡先教えたりするわけねーじゃん。女装してると、変なのいっぱい寄ってくるんだから。タカシさんもそういう経験あるんじゃないの？

あるなあ。見るからに危ない感じの男に身体さわられたり、家の近くまでつけられたりした。

だったら俺の言ってること分かるでしょ。ただタカシさんは、いきなり自分が女装してたって言い出して、名刺まで渡してきて。俺、名刺なんて人にもらうの初めてだからちょっとわくわくしたんだ。それで安全そうだし、会ってもいいかなって思っただけだよ。

そうか。

あのさ、ひょっとして俺のこと口説くつもりだったりするの。

そういうつもりはない。

そっか。

店を出て、神保町の駅から三田方面に向かうかたちで都営三田線に乗った。混んでいる車内で普通に会話をしたが、彼女の声に違和感を持つ乗客は見受けられなかった。最寄駅はどこなのかと訊くと、武蔵小山だと言う。なら、向かっている方面は彼女の家に近づくことになるので都合がいい。三田の駅で降りて地上に上がり、少し歩いたところにある商店街を目指した。

酒、強いんだな。そこそこ飲んだのに、ぜんぜん酔ってないだろ。

うち、母さんが家で飲むからさ、それに付き合うこと多いんだ。ビールとか日本酒とか、なんでも飲む。ウイスキーだけはちょっと苦手。タカシさん、どうなの。

わりかし強い方だと思う。

何飲むの。

最近はハイボールが多い。そんなに好きってわけじゃないんだけどね。

なんで好きでもない酒にするのさ。

日本酒とかワイン飲むと、次の日の二日酔いがひどいんだ。しかも太る。おれの齢になるとちょっとしんどくなるんだよ。

ふーん。

あとはウーロンハイとかレモンサワーとかね。カロリー低いし、悪酔いもしない。ホッピーもいいぜ。

飲んだことないな、ホッピー。気になる。

ユヅキ、二日酔いってあるの。

ない。飲みすぎて吐いたりはするけど、寝ればだいたい治っちゃうよ。

そりゃ、うらやましいね。

　土曜日の商店街は人でごった返していた。地下鉄の三田駅はＪＲの田町駅とほぼ同じ位置にあり、大学やオフィス街の近辺ということもあって週末には大勢の人が集まる。あちこちから酒や食い物のにおいが漂ってくる。誰かが吐いた後のすえた臭いも混ざっている。私たちは人のあいまを縫うようにして進んでいった。しばらく歩いたところで左の路地に入る。すぐに人通りは少なくなる。目指している場所はすぐ近くだが、私は足を踏み出すたびに落ち着かない心地になった。店の前を通ったことはこの一年だけでも二回か三回はある。ただ、最後に中へ入ったのはもう八年ばかり前のことだ。店に関するたくさんの記憶がしみついている。私は十代の後半から二十六になるまで、毎週のようにそこへ通い酒を飲み、大勢の人々と言葉をかわした。今はどうなっているか分からない。たしかなのは、私がすでに常連ではなく過去の人間になっているということだけだ。

　暗い道を無言のまま歩く。ハイヒールを履いているユヅキのペースに合わせながら進んでいく。ほどなくして店の前についた。灯りがついていて中からは歌声も笑い声も聴こえる。階段の下に置かれた看板にはＯＰＥＮの文字が光っている。

　ここバーなの、とユヅキがたずねてきた。

バーだけど普通のとはちょっと違う。

どういう風に。

女装バーなんだ。客も店員も、女装の好きな人が集まってる。女のお客さんもいるけど、ほとんどは男性だ。

ユヅキはそうなんだとつぶやき、躊躇うような表情を見せた。

あんまり行きたくなかったりするかな。だったら別の店にするけど。

や、行きたくないとかそういうんじゃなくて。あの、バー自体が初めてなんだ。どんな風にすればいいか分かんなくて。

初めての店に緊張するというのはこの齢になっても変わらない。私はいまだに行ったことのないレストランへ足を運ぶ際には目を泳がせてしまう。家の近くにある通い慣れた居酒屋やレストランに行く方がよほど気楽に楽しめる。初めて行った女装バーは浅草にあった。店員も客もテンションが高く、それはそれで楽しい空間を演出してくれていたのだが、何度か通っているうちにしんどさを感じるようになってしまった。ある夜、三田の方にもう少し落ち着いた感じのバーがあるよと常連のひとりが教えてくれた。その人に連れられるようにして、この店を訪れ、浅草とはだいぶ異なる雰囲気のとりこになった。何かユヅキの緊張を解く言葉を探そうとして、止めた。いま何を言ったところで、実際に入ってみるまで店が肌に合うかどうかなど分かりはしない。

とりあえず、入ってみよう。そんなにやかましい店じゃないし、初めての客を雑に扱うようなこともないと思う。おれもだいぶ久しぶりに来たから、店長が替わってたりしたら保証できないけど。

二階へ上がる階段の傾斜はきつい。私はヒールを履いたユヅキの手を引くようにして、かんかんと踵を鳴らしながら鉄製の階段を上っていった。入り口の雰囲気はかつて私がおとずれた時となんら変わらない。

入ろうか。

ドアノブに手をかけて引いた。中の空気は八年前と何も変わっていないように思えた。薄暗い店内のバーカウンターには十個の椅子が並んでいてその中に派手な格好をした店子《みせこ》が二人立っている。ボックス席は二つ用意されていて、つめたり補助席を足したりすれば五人ずつが座れる。奥にはトイレと別に、カーテンで仕切られた更衣室が用意されており、そのすぐ脇に置かれた白いテーブルは化粧台として使われている。バーというにはいささか広い。いらっしゃいませという声のすぐ後に、あれタッキーじゃない、という言葉が続いた。

サスくん、久しぶり。

久しぶりどころじゃないでしょ。十年ぶりくらいだよ。うわ、どしたの、今日はー。

サスケがカウンターの中にいるのを見て、安堵の息が漏れた。店内に目をやるとカウンターにすわっている三人の客も、もうひとりの店子も見覚えがなく、しかもおそらくは私よりだいぶ若い。破れた箇所に別の布地を貼り付けながら使っていたソファーもすべて新しいものに取り換えられている。サスケだけが、過去と現在を結び付けてくれた。

十年も経ってないよ、八年か、うん、それくらい。

どっちでもあんま変わんないよ、急にこなくなってさびしかったんだから。メール送っても返事かえってこないしさ。

ん、ごめん。いろいろ、疲れてた時期でさ。

サスケはそれ以上、何かを追及してくるつもりはないようだった。そこすわりなよと言ってカウンターを指さす。後ろにくっついてきているユヅキと目を合わせ、椅子を二つ引いた。

この子、ユヅキ。知り合ったのは最近なんだけど、ここ、連れてきたいと思って。

えー、めっちゃ可愛い子じゃない。やだ、あんたナンパついでにウチ寄ったわけ。

そういうのじゃないよ。なんとなく、来たくなっただけ。

なんでもいいけどね。久々にタッキーの顔見れて嬉しいよあたしは。二人とも、何飲む。まだ普通に飲めそうかいとたずねると、ユヅキは黙ったまま首を縦に振った。ウーロンハイとかジャスミンハイは平気かと訊くと、またも無言でうなずく。小さな声で、ユヅキ未成年だけどいいかなと訊くと、サスケは笑って気にしないよと言ってくれた。あんたとあたしがここで初めて会った時もお互い十代だったでしょ。

鏡月のボトルとウーロン茶を注文した。サスケが作ってくれたウーロンハイを右手に持ち、もうひとりの店子も加えた四人で乾杯する。あたしユカリですよろしくねえという彼女に、私も名前を告げてからもう一度グラスを突き合わせた。彼女はカウンターにすわっていた三人の客の方へ戻り、私とユヅキの正面にはサスケだけが残った。サスケに訊きたいことはいくらでもあった。この八年、どんな風に経営をしてきたのか、あの頃の常連たちは今も顔を出しているのか、流行りの服がどのようなものなのか、彼女自身は楽しく生きてこられたのか。

私の横には落ち着かない様子のユヅキがいる。常連客と店主で会話を続けるよりも、彼女がなじめる場を作ることの方を優先するべきだ。私の意図を汲みとってくれたのか、サスケは私たちと他の客の中間あたりに移動し、どちらとの会話にも対応できるような姿勢をとった。グラスに口をつける。ウーロン茶よりもアルコールの強さが際立っている。昔はもう少し薄く作っていたような気がする。

前に、よく来てた店なんだ。ひょっとしたら誰も知り合いがいないんじゃないかって心配だったけど、店長が同じでよかった。

あのサスケっていう人が店長なの。

うん。おれが通い始めた時、んっと十代の頃はアルバイトだったんだけど、すごく接客の上手い人でね、オーナーに気に入られて、三年くらいしたら店を任せられるようになってた。

すごいね。

そだね。

タカシさん、タッキーって呼ばれてるんだ。

まあ。でも八年ぶりに呼ばれるとちょっと恥ずかしいな、むずむずする。

俺、どっちで呼べばいい。

好きな方でいいよ。

じゃあ、めんどくさいからタカシさんで。

うん。

通ってた頃って、女装してたんでしょ。生で見たかったな。

そう言ってユヅキは私の顔や身体に目をやった。女装した私がどのような外見になるのかを思い描いているのだ。どうにもいたたまれない気持ちになった。すでに私は平凡で、どちらかと言えば見目の悪い男として生きている。以前のように女性誌を常にチェックすることもないし、街を歩く度にショーウィンドウに飾られた紫のドレスに目を奪われたりもしない。ユヅキの参考になるようなものは、私の肉体に何も残っていなかった。

ユヅキ、何センチあるの、と私は訊いた。

六十八、と彼女は答えた。

それは百七十七センチの私にとって羨ましい数字だった。骨格ががっしりしているのに加え上背もあると、女性用で似合う服を探すことは難しい。グラスを持ったユヅキの腕を見る。白くなめらかで、毛の生えていない腕だ。脱毛しているのかと訊くと、もともと生えてこないんだ、すね毛やひげもほとんど生えない、という答えが返ってきた。中学の頃、私は親の財布から金を盗み、いくつもの脱毛器を買った。レーザーを毛穴に照射するものや巻き込み型のローラーで毛をごっそり抜いていくものなど多種多様な機器を買い漁ったが私の太く濃いひげやすね毛を根絶やしにしてくれるようなものはなかった。大学に入ってからはそうした商品のほとんどが詐欺まがいのものだと気付き、仕方なく自分で毎日のようにすね毛を剃り、ひげを一本ずつピンセットで丁寧に抜いていった。全身を脱毛するような金はなかったし、そこまでしなくとも女装をする上で困ることはないと判断した。二十代の半ば頃から、へその上や下にも毛が生えるようになった。太ももの付け根の内側の、つるつるとしていたはずの部分にも時折太く長い毛が一本か二本生えているのを見つけた。体毛の範囲は広がり続け、生えるはずのない位置に長い毛を見つけてはいやな気分になった。今でも手の甲の毛を処理することだけは続けている。ピンセットで、じっくりと。

次第に酒がまわり思考がゆるんでいくのにつれて、舌の回りもなめらかになっていく。ユヅキに、化粧台の方に行ってみようぜと言った。サスケに確認をとってから移動する。化粧台には豪奢な鏡がとりつけられ、台の上にはファンデーションやマスカラやチークやアイシャドウや口紅が大量に並んでいる。すぐ横のハンガーラックには色とりどりのドレスやワンピース、それにウィッグが用意されており、自由に着ていい仕組みになっている。

これ、全部好きに使っていいの、とユヅキがぼんやりした声で訊いてくる。

千円、別料金でかかるけどね。あと口紅やリップは買い切り。さすがに、他の人が使ったやつを塗るのは気分のいいもんじゃないからな。

試してみたいけど、どうすればいいかな。

一回、洗面所に行ってメイクおとしてきなよ。クレンジングオイルと化粧水はそっちに置いてあるはず。

ユヅキが席を外しているあいだ、就職してからこの店に通っていた時期のことを思い出していた。女装して会社に行くほどの勇気を私は持っていなかった。初めはかばんに衣装や化粧品を詰めこんで出社していたが、ふとした際に同僚や上司の目に中身が触れてしまう機会は多く、ばれた時の危険性を考慮して止めた。ウィッグと化粧品だけを駅のロッカーに入れておき、店に入ってから本格的な装備を整えることに決めた。毎日違う服を着られるシステムを私は楽しんでいた。ここに来て化粧を済ませ、横一列に並べられた服の中から好きなものを手にとって更衣室で着替える。安物の衣装ではなかった。どれも丁寧に造られていて、とりわけ私はきれいなレースが映えているドレスを着ることが多かった。そうだ、夏には浴衣を着たこともある。かわいい、似合うと称賛されたことがある。腹の肉はまだついておらず、耳たぶに毛が生えているようなこともなかった。

お待たせ、とユヅキが言った。彼女はすべて化粧を洗い流し、素顔の状態で私の横に腰掛けた。その肌と造りを見て、私は押し黙った。ユヅキの顔立ちは素のままでも十二分に美しく、女性と言い張っても通用するように見えた。長く密集したまつ毛が、二重の目によく映えている。陽に焼けた様子のない白い肌にはしみもしわもひとつのにきびすらもない。思わず見惚れてしまうような外見を、十六歳という若さだけを理由に説明することはむずかしい。彼女はただ、初めから恵まれていた。

たくさんの化粧品を前にユヅキははしゃぎ、時々小さな感嘆の声を漏らしながら手にとっては眺めていた。

すごいね、これ全部使っていいんだ。

いろいろ試してみなよ。

マスカラとかチークもたまに使うけど、あんま上手くいかなくて。

塗ってやろうかと言うと、ユヅキは間を置かずにお願いと返してきた。並んでいる化粧品の中から、まずはユヅキの肌色に似合いそうなファンデーションを選ぶ。先ほどまで彼女が塗っていたものは、いささか色味が強すぎた。これだけ白い肌ならば、もっと軽い色で問題ない。

化粧水は塗ってあるよな。

びしょびしょになるくらいつけてきた。

正面向いてと言って、私は右の手でユヅキのあごに触れた。ひげの感触など一切ない、なめらかな肌だ。彼女は目を閉じず、私がどのような手順でファンデーションを使うのかを観察していた。天井の灯りと鏡台に付いているライトの光を受けたユヅキの顔に触れると、実際の少女を前にしているようで落ち着かない。初めに下地を塗って、それから液状のファンデーションを手にとって順に顔へとつける。内側から外側へ、手のひら全体を使って伸ばしていく。ひたいから鼻へは下げるように。あご下にも塗り忘れのないように。

まんべんなくムラができないように注意する。その後でブラシを使ってパウダーを塗っていく。これで、簡単には化粧くずれを起こさない。チークをつけると、ユヅキのほほがほんのりと薄い桃色に染まった。

まだ途中だけどこんな感じでどうかなと訊くと、ユヅキは小さくのどを鳴らし、すっげえ上手いじゃんと言った。気をよくした私は、かみそりとハサミで眉のかたちを整え、長いまつ毛にマスカラをつけた。少し目元に色気があってもいいかもしれない。薄紫のシャドウを目元にのせてみた。できたよ、ユヅキに告げる。目を開けた彼女は鏡をじっと見て自分の顔をたしかめている。

こんなに変わるんだ。

どうよ。

なんか恥ずかしい。

なんで。

いや、気に入らないとかそういうことじゃなくて、これまで自分が全然ちゃんと化粧できてなかったんだなって思うと、恥ずかしいよ。これ、眉毛もちゃんといじってくれてるんでしょ。

女装する時って、眉の色とか濃さがかなり大事なんだよ。どうしても男のままの眉だと違和感出る。だいぶ薄くしたけどよかったか？　高校行く時とかは、アイペンシルで少し描いた方がいいかも。

俺、学校行ってないよ。

そうなの？

去年、辞めちゃったんだ。今はバイトばっかり。

そっか。

ほどこした化粧をユヅキは相当気に入ったらしく、鏡の前でさまざまに角度を変えながら自分の顔を確認している。誰かにメイクをするのも久しぶりのことで不安はあったが、それなりに上手くいってくれたらしい。にやつきながら鏡を見ているユヅキの姿に、こちらも笑みがこぼれた。

ねえねえウチらも混じっていいかな、と野太い声が背後から聴こえた。見れば、カウンターに座っていた三人組が、すぐ後ろに立っている。もともとここは客同士の距離が近い店だ。その場にいる客が寄り集まって盛り上がるというのはめずらしいことじゃない。私はちらりとユヅキの方を見た。俺は全然いいよ、と彼女はひかえめな声で言った。私を含めた四人でユヅキを囲むようなかたちになった。三人の女装客たちは、かわいいだの若いだのとユヅキを誉めつつ、アイシャドウの色を変えた方がいいんじゃないかとかグロスもつけた方がよさそうなどと意見を言い合い、ユヅキの顔をさらにいじっていく。ユヅキは初めのうちこそ戸惑った様子を見せたが、すぐに慣れたようで、敬語を使いながら三人との会話を楽しんでいた。

しばらくして私たちはボックス席へ移った。新しくなったソファーは前よりもずっとすわり心地がいい。それぞれのボトルやグラスをサスケが運んできてくれた。大声で乾杯してから私たちは雑談に興じる。三人組の興味は主にユヅキへと向けられていたが、私がかつて常連で女装もしていたという話をすると、多少は食いついてくれた。年功序列というわけではないにせよ、古くからの常連というのは往々にして敬意を払われるものだ。

今はもう女装止めちゃったの、とひとりが訊いてくる。金のウィッグを腰までたらし、派手なゴシック系の黒いワンピースにロングブーツを合わせている。普段使いの格好ではなく、おそらくはこの店に来る時だけの着衣なのだろうと私は推測した。

結構前にね、と私は答える。

飽きちゃった？

そういうわけじゃないけど。

だったらまたやればいいじゃん。今日は？　貸衣装もメイク用具もそろってるんだし、久々にやっちゃおうよ。

あんま、そういう気分でもないんだ。

あ、太ったとかでしょ？　ＸＸＬのドレスとかもあるし大丈夫だよ。メイクも手伝うし、ぱぱっとさ。

ちょっとうるさいよ。

半笑いで低い声を出すと相手は押し黙った。すぐに、しつこかったかな気ぃ悪くしたらごめんなさいと謝ってくれた。ユヅキほどではないにしろ、見た感じ私よりずいぶんと若い。もう少しやわらかい言い方をすればよかったと後悔の念が湧いた。言い方きつかったわごめん、と私も謝罪を入れた。緊迫した空気はすぐに元に戻り、再び五人での会話が始まった。二本あった焼酎のボトルは三十分もしないうちに空になった。私と三人組は割勘にしようと話し、新しいボトルを注文した。

歌おうか、と三人組のひとりが言った。ソファー席の斜向かいにはカラオケ用の大きなモニターが設置されている。白のロリータ風の女装をした彼女は、入力用のリモコンを取ってテーブルの中央に置いた。歌うことは、嫌いじゃない。ただユヅキがどう思うか分からなかった。それを察してか彼女は、いいじゃんカラオケ、俺も歌うしと言った。三人組が順に曲を入れていく。それに合わせて私もリモコンを手にし、入力する。最近の歌は詳しくないし、古すぎるものを入れて場をしらけさせるのもごめんだ。年代に関係なく有名だと思われる曲を選んだ。ひとりが歌い始める。店子と私が手拍子を入れ、ユヅキもそれに合わせる。最近も会社の同僚とカラオケに行くことはあるが、店全体で人の歌う曲に手拍子を入れる感覚は懐かしい。白のロリータは着ているものに合わせるようにして、少し前に流行ったヴィジュアル系の曲を歌い上げた。高音部はかすれてしまっていたが、悪くない歌声だった。それに続いて、ゴシックでもロリータでもなくモスグリーンのニットにデニムスカートを合わせた女性が歌い出す。

あのさあ、とささやくようにユヅキが私の袖を引いた。

どした。

女の曲入れたら、引かれる?

全然だいじょうぶだ、今たまたま二人とも男性ボーカルの曲入れてるけど、おれが通ってた頃は古いアイドル曲ばっかかみんな歌ってたよ。

最近はそうでもないとか。

心配しすぎ、あそこにいるサスケも自分で入れる時は女性曲ばっかだし、女装バーに来てそんなことで文句言うやついたらおれが言い返すよ。

そっか。

ユヅキは慣れた手つきでリモコンの画面を指でなぞり、曲を入れた。誰でも知っているというほどに有名な曲ではないが、この五年ばかり安定した人気を誇っているシンガーソングライターのものだ。私も家で音楽番組を観ながら、何度か口ずさんだことがある。人前で歌う機会はなかったけれど。

モスグリーンのあとで黒ゴシックが歌い、それから私の番になった。多くの人にやわらかい印象を与えるはずのバラードを選曲した。サビの高音部をきれいに出せるか不安だったが、酒を飲んで喉が開いていたこともあって、思っていたより自然に歌いこなすことができた。テーブルにマイクを置くと、ささやかな歓声とともにぱちぱちと拍手が起こった。空気を壊さずに済んだことに、少なからぬ安堵があった。間を置かずして、ユヅキの入れた曲のタイトルが画面に表示された。マイクを渡すが、彼女の顔は強張っているように見えた。彼女にだいじょうぶと告げたことは失敗だったかもしれない。そもそも私は彼女の歌唱力について一切知らないし、十代半ばの人間というのは相当な音痴であったとしてもそのことに気付かず歌を楽しんだりしてしまうものだ。もしも彼女が得意げに女性曲を歌い、音程もリズムもひどいものだったとしたら三人組は優しく対応してくれるのだろうか。場合によっては途中で私もマイクをとってフォローする必要があるだろう。

メロディーが流れ始めた。歌詞が画面に映される。ユヅキはそれを見つめながらマイクを握り、少し深めの呼吸をしてから声を出す。彼女が歌い出してすぐに、カウンター内で作業をしていた店子たちがこちらを向いた。テレビの画面を見て歌詞を追っていた三人組も、ユヅキの方に顔を向けた。伸びのある美しい高音がマイクを通して店内に響いていた。十代の歌い方ではなかった。年齢を重ね、歌の中に強い感情を込めることを覚えた人間の声が耳をついた。ユヅキは左手でリズムをとりながら、ビブラートまで用いてサビを歌い上げる。焼肉屋で話をしている時から地声が高いとは感じていた。マイクを通すとその声は女性が発するものとなんら変わりない。小さな声で誤魔化したりはせず、歌にははっきりとした芯が通っていた。店内の空気が、はっきりと変わった。カラオケであまりに上手い人間がいると、まわりはどのように振る舞えばいいか判断できず戸惑う。ユヅキは画面を一心に見つめていた。音程やリズムのわずかな狂いも許さないというように。曲が終盤に差し掛かった。最後はサビが二連続で流れ、歌いこなすのがむずかしい転調も含まれているが、ユヅキの声は一切ぶれなかった。彼女がマイクを置き、曲が止まる。店内にいた全員がおおーっと歓声を上げながら拍手をする。私も手を叩いてはいたが、それよりも困惑の方が勝っていた。きれいな声、すっごい上手いじゃん、お金とれるレベルだよ。周囲がユヅキを褒めたたえる。緊張が解けたのか、ユヅキは大きく息を吐いてから、どうもですと言って、照れくさそうに頭を下げた。

ちょっとびっくりしたよ、動揺を悟られないように声をかけた。

ちゃんと歌えてたかな。

うん、高音、よくあんなきれいに出せるな。

昔、合唱団入ってたんだ。高校入る前に飽きて止めちゃったけど。

へえ。アイドルでも目指せばいいのに。

何言ってんのさ。そんなの無理だよ。歌うのはそこそこ好きだけど、仕事にするとかは考えたこともない。高い声出せたからって歌手になれるってわけじゃあないでしょ。

上手いとも思ったよ。

そう、ありがと。

黒ゴシックも白ロリータもモスグリーンも、ユヅキのあとで歌うことに気後れしたのか、次はこれやってあれやってとユヅキに曲をリクエストしている。その輪の中に混じれなかった。歌唱の技術も将来の仕事も、どうでもいい事柄だった。私はただ、彼女の喉が自分には到底出せない高音を鳴らしているという事実だけを気にしていた。この店の常連だった頃、私も女性歌手の曲を中心に歌っていた。キーを四個ばかり下げるかたちで。客同士の距離が近くさらにカラオケが置いてある店では歌の上手い人間は簡単にちやほやされる。おそらくはこの店に来る客の多くが、自分も女性のような高い声で好きな歌を原曲キーで歌いたいと考えている。そのような人たちにとって、軽やかに女性曲を披露したユヅキの姿はまばゆいものに映ったはずだ。グラスを手にとったがすぐに中身は空になり、私は焼酎の量を多くしたウーロンハイを作って、飲んだ。ユヅキがもう一度マイクを握った。始まる前から三人組ははしゃいでいる。入った曲は最近のものだった。音楽に疎くなっている私でも時々は耳にするくらいに有名な。テンポも速いし転調も多いため、先ほどの曲よりも難易度は高いはずだが、ユヅキはまわりの視線と期待に応えるように歌いこなした。どうやら三人組は自分がマイクを握っていなければ気が済まないというタイプではなく、他人の歌を素直に楽しんで聴くことができる人たちのようだった。次々とユヅキのための曲が入れられ、彼女はそれに応じて声を出す。ゆるいバラードも激し目のロックもリズムのとりにくいラップ混じりの曲も、すべてユヅキは見事に歌い終えた。彼女は腹から音を絞り出すように歌い、とりわけバラードで使ったファルセットの美しさに私は聴き惚れていた。私がどれだけ努力や工夫を重ねても出せなかったはずの音域が、ユヅキにとっては当たり前のものになっている。

四曲連続で歌った後、少し休ませてくださいと言ってユヅキはマイクを置いた。疲れたー、と言って彼女は笑った。四曲も熱唱すれば緊張もほぐれてくる。彼女は以前からの知り合いのように三人組と会話し、場になじんでいた。かすかに、誇らしい気持ちが湧いた。こいつはおれが見つけた、おれがここに連れてきたんだ。歌を聴くのに夢中で意識から飛んでいたが、ユヅキはまだ十六歳だ。彼女はこれからどのようにでも変わっていける。化粧が下手だったり知識が足りなかったりとまだまだ未熟なところはいくらでもある。その成長に自分が関わっていけることを考えると、静かな熱が胸に宿る。

ねえ。

ん?

タカシさんも歌ってよ。

無邪気な様子でユヅキが私の顔を見る。いいよと答えたが、彼女の直後に女性曲を入れることは躊躇われ、無難にスローテンポの男性曲を入れた。歌い終えると拍手が起こったが、ユヅキの時のようなテンションを観客から感じることはなかった。黒ゴシックが私の分のジャスミンハイを作ってくれたところで腕時計を見ると、時刻は十一時半を回ろうとしていた。

ユヅキ、時間まずくないか。

え、今何時?

十一時半くらい。

やばい。終電なくなっちゃう。

一瞬、私は彼女の分のタクシー代を負担しようかと考えた。だが私も焼肉屋とこのバーを合わせればそれなりに金を使ってしまっているし、金を出すのが当然というように扱われるのも面白くない。私はユヅキと可能な限り対等な関係を維持していきたかった。金を出してくれる年上の男とだけ認識されるのはいやだ。

会計しちゃおうか、まだ間に合うだろ。

うん、気ぃ遣わせてごめんね。

いいよ、おれもだいぶ酔ってきてるし。

サスケを呼んで会計を済ませ、席を立った。俺もちょっとは払うよと彼女は言ったが、断った。

えー、帰っちゃうのー。

不満そうに言うモスグリーンに悪いねとだけ返して私たちは出口に向かう。サスケとも今日はあまり話せなかった。彼女と語りたいことはいくらでもある。それぞれが八年という時間を過ごし、まったく別の経験を重ねてきた。古い盟友のようなもので、今度はゆっくりとカウンターでグラスを傾け合う時間を作ろうと考えた。

また近いうちに来るよ、とサスケに言った。昔と変わらないどこかぶっきらぼうな調子で、おういつでもおいで、と彼女は返答し手を振った。

三田から武蔵小山なら一本で行けるな、まだ終電もある。

うん。声かけてくれて助かった。あのままだったら時間気にしないで飲んじゃってたよ。

そんだけ楽しめたんならよかった。

あのさ。

何。

今日、ごめんね。

え、何がよ。

最初、態度悪かったでしょ。や、今日だけじゃなくて、これまでのやり取りとか含めてさ。タカシさんに声かけられて、やっぱちょっと警戒してたんだよ。危ない人かもしれないしさ。だから感じ悪くなってたと思うんだけど、今日一緒に遊んで、すっげえ楽しくて、だからまた飲んだりしようよ。

ユヅキの表情は年相応のもので、照れくさそうに口をすぼめていた。彼女にとっては、それなりに恥ずかしい台詞だったのだろう。もちろん、と私は答えた。

おれも一緒に飲めてよかったよ。特に、あれ、カラオケ。上手いやつがいると場も盛り上がるし、おれはユヅキの声がすごい好きだったから、なんか得した気分。

そうだ、お礼言ってなかった。出してくれてありがと。焼肉もバーも。

気にしないでいいよ。給料日前とかは、そんなに出せないこともあると思うけど。

時計を見て終電の時間が危ういことに気付き二人で駆け出す。前を走るユヅキのウィッグが左右に大きく揺れた。

それじゃあ、また。

ああ、今日はつきあってくれてありがとな。

今度は俺から声かけてもいいかな。

もちろん。

同じホームにいるが、私とユヅキの乗る電車はそれぞれ別の方向だ。先に彼女の電車が来た。乗りこむのを見送って、私はホームの反対側に身体を向けた。考え事をするひまもなく最終電車が到着した。思っていたよりも乗客は多く、私は酒と胃液のにおいを漂わせた身体の大きな男と、タブレットでパズルゲームを遊ぶ若い男性とにはさまれるかたちで座席にすわる羽目になった。二駅ばかり過ぎたところでスマートフォンが振動した。ユヅキから意図のよく分からないスタンプが届いていた。河馬と言われれば河馬だし、猫と言われれば猫に見える謎の動物が「ＴＨＡＮＫＳ！」と書かれた紙を手にしている。何秒かそれを見つめた後、スマートフォンの画面に指をすべらせ、熊のぬいぐるみが「おつかれさま」と頭を下げている面白味のないスタンプを送り返した。

妻と息子はとうに寝てしまっている。クローゼットで部屋着にきがえてから台所に入り、インスタントの味噌ラーメンを作った。水の量を少なめにして味を濃くし、ぐつぐつと煮立ったところで生卵を投入する。どんぶりに移しテーブルに運び、大きめに切ったバターを入れてから麺をすすった。テーブルにだけ灯りのともった静謐な部屋に、ずるりずるりという音がひびく。塩分をとって腹を満たせばすぐに眠くなるのではないかと考えていたが、逆に目は冴え渡っていった。

私がかつて女装していたことを妻は知らない。使っていた服や道具はすべて、自室の目立たない場所に隠してある。五歳になる息子とはそれなりに仲がいい。休日には一緒にテレビゲームに興じたり街へ繰り出して映画を観たりする。おとうさんはいつもしごとをがんばっていてえらい、こうえんにいくとてつぼうでけんすいをできるのがすごい、すいぞくかんではサメのはなしをたくさんしてくれました。幼稚園の先生から、息子がそのように語っていたことを聞いた。なかなか、私は上手くやっている。

小さい頃は普通の服を着て普通に野球やサッカーやマンガのことばかりを考えていた。女物の服を着たいと思ったのは高校に進学してからのことで、それまでも女性誌を読んで自分がそこに載っている服をまとえばどのように映えるだろうといった妄想はしていたが、さしたる執着はなかった。クラスにひとりだけ私服で通ってくる女子がいた。制服着用が義務付けられている中で彼女はかたくなに私服を着ることへのこだわりを見せ、何度も停学をくらっていた。バケ子というあだ名がついた。バケモノの子の意味なのか化けている女ということなのか、名称の由来は分からない。バケ子はとりたてて人目を引くような顔立ちをしているわけではなかった。ただ百七十センチを超えた身長と常にコルセットでも巻いているかのような腰のくびれのおかげで、自然とクラスメイトの視線は彼女に吸いこまれた。その大半は彼女をいぶかしむものだったが、私を含む何人かの生徒は、あこがれを持って彼女の服と体型と化粧のキマった横顔を見つめていた。二学期になっても彼女の私服登校は変わらなかったが、期末の成績が学年二位だったことや遅刻や欠席を一切しないことや素行自体は何も悪くなかったことなどが重なってか、次第に教師は何も言わなくなった。停学を言い渡されることもなくなり、クラスメイトも彼女の外見に慣れたようで席の近い女の子たちと時々会話する様子も見られるようになった。みんなバケ子と呼んでいたが次第にそれは親しみのこもった愛称となり、バケ子本人もそれをいやがるそぶりは見せず、時折自然な笑顔をのぞかせることもあった。私の眼は常にバケ子の服を追っていた。彼女はさまざまなタイプの洋服を着こなしていた。優しい雰囲気のニットを着ていることもあれば、全身をパンキッシュにコーディネートしていることもあった。バケ子は毎日系統の違う服を着て、授業中は熱心にノートを取っていた。バケ子の服。少し大きめのサイズにすれば私でも着れそうだ。パンツかスカートかという点にもこだわりはなさそうだった。どちらも彼女によく似合っていたが、私はスカートの方によく見惚れていた。それは細くやわらかい糸で編まれ、それ自体の華やかさに加えてバケ子の太ももやふくらはぎが持つ魅力を一層高めているように見えた。私は何度も家の風呂場ですね毛を剃った。すね毛を剃ると身体にしみついた余計なにおいが消えていくようで落ち着いた。すね毛を剃るだけでスカートをはきこなせるのではないかと思えた。すね毛を剃る度に、私はにやつくようになった。私のすね毛は同級生と比べても濃く太く長く、見るだけでいやな気分になってしまうもので、たまに母と父がすねを出している時に目をやるとそこに生えている毛もまた私と同質で、遺伝子の仕事を不快に感じた。

席替えで隣になった際、よろしくと言ったら向こうもよろしくと返してきた。バケ子は休み時間になると大抵かばんから取り出したファッション雑誌を読んでいて、私は文庫本のページをめくるフリをしながらバケ子の方をちらちらとうかがっていた。三週間ほど経過した放課後、バケ子のあとをつけ、偶然を装って話しかけた。たまたま帰り道が一緒だという嘘をついて同じ電車に乗り、英語長文の読み方や学食のメニューへの不満といったたわいもない話をぽつりぽつりと続けた。同じ駅で電車を降りる瞬間にはさすがにバケ子もいぶかしむような表情を浮かべた。

あんた、あたしのことストーキングしてんのか？

違うよ。

最寄駅が一緒なんて偶然、あるわけないだろ。きもっ。

話したいことがあったんだ。

告白とかやめろよ、あたし、あんたに興味ない。

服の話がしたくて。

服？

いつも私服で、すごい似合ってるって思ってたんだ。

はあ。

おれも、そういう服着たくて。いま君が着てるみたいなやつ。ゴツ目の黒いジャケットにスカート合わせるの、上手いなって朝から思ってたんだ。猫の写真が入ったTシャツの組み合わせもいいいと思う。

そこでバケ子は目を細めて眉間にしわを寄せるようにして考えこんだ。こちらの言葉の真意を探ろうとしているかのように。

ジャケットが欲しいって話？

いや、全体的にいいなって。そのまんま自分でも着てみたい。

女物が着たいの？

たぶん。

はあ、そう、と言ってバケ子は長めのため息を漏らした。右の人差し指でこめかみのあたりを掻きながら、次の言葉を探していた。私の身体は強張っており、呼吸も脈も荒い。だいぶ間を置いてから、あんた金はあるの、とバケ子が口を開いた。おろせば五万くらいある、本屋でバイトして貯めたんだ、と答えた。

すぐ欲しいわけ。

うん。

もっかい、電車乗るよ。

バケ子に先導されるように歩き、電車を乗り継いで繁華街へ向かった。駅からそう遠くない場所に建っているファッションビルの七階に、バケ子の行きつけの店はあった。見つくろってやるけど、あたしが着てるものは駄目、おんなじクラスのやつがおんなじ服着てるとかはさすがにいやだ。バケ子は普段よりも大きめで低い声を出した。もちろんそれでいいよと言うと、バケ子はすたすたと店内に入り私もそれに続いた。

ずらりと並んだ服に気圧された。毎日ていねいに磨かれているだろう白い床も、中央に堂々と置かれている巨大な鏡も、ショップの服を当たり前のように着こなしている店員も、すべてがこちらに緊張を強いてくるものだった。あんた好きな色ってある、とバケ子がたずねてきた。紫とピンク、と私は即答した。バケ子は普段通りに無表情なままだったが、きびきびとした動きでうんうんと唸りながら店内を歩き回り、時々立ち止まって服を広げ、私にいくつかをあてがった。これは結構いいなとか、こいつはなんか違うとか、ぶつぶつ小声でひとりごとを言っている。店員は無言のままにこやかにほほ笑んでいたが、私を奇異に思っているのは明らかだった。そんなことは気にも留めず、バケ子はえんじ色とかもいいんじゃないのと気楽な調子で話しかけてくる。その様が、頼もしかった。彼女はインナーとアウターとスカートを二着ずつ選び、さまざまな組み合わせで私に試着させた。私は自分の体型と女性用の服のサイズをどう調整すればいいのか分からなかったが、そのあたりはバケ子が店員と相談しながらＸＬやＸＸＬの大きさのものを見繕ってくれた。彼女は次々と私に駄目出ししていった。これも合わないこっちも違うと試行錯誤を重ねる様子は、やけにいきいきとしているように映った。

やっぱこの組み合わせかな。

最終的にバケ子はやわらかめの素材でできた黒のブルゾンと紫のカットソー、それから彼女がいつもはいているものより少しだけ丈の長い黒のスカートを選んだ。その髪型だといまいち締まらないなと言って、彼女は同じフロアにある別のショップから落ち着いた茶色のウィッグを持ってきて私にかぶせた。

おう、思ったより様になってるじゃん。

そうかな。

初めてはくスカートは膝から股間のあたりへ常に風が吹いているようで落ち着かず、私は内また気味の体勢のまま返事をした。本当はバケ子の着ているジャケットにも合わせてみたかったが、それはかぶるからダメって言っただろと一蹴された。

試着室を出てもっと大きな鏡で自分の全身を見た。私の脚は自分で思っていたほど太いものではなかった。なで肩なのも幸いしてか、女性の肉体には見えないものの、全身の骨格は極端にいかつく目立ったりはしていない。

買えば。あたしはそのセットが一番あんたに合ってると思う。

おかしくないかな。

んー。

バケ子は私をもう一度試着室に押しこんで、自分のかばんからフランス国旗をイメージさせるポーチを取り出した。迷いのない手つきで彼女は私に化粧をほどこしていった。あんた薄い顔してるから化粧映えするね、ラッキーじゃん、と彼女は言った。

できたよ。見てみな。

鏡に映る姿は、私の面影を顔や身体に残しながらも、これまでの皮を脱ぎ捨て、鮮やかな変わり身を果たしていた。胸のあたりまで伸びた茶色の髪、肌をきれいにして目を大きく見せるように塗られたメイク、想像していたよりもなじんでいる女性用の洋服。少女が立っていた。私がファッション誌を見ながらイメージしていたのはグレーのニットやベージュのパンツといった保守的なものだったが、バケ子の言うように多少ボーイッシュな要素を残し暗色をベースとした服の方が普通の女子より身長も横幅もある自分にしっくりきているように思えた。ふたたび鼓動と呼吸が速くなった。それは先ほどのように慣れない店へ足を踏み入れたことへのおびえとは別のものだった。鏡に映った自分に見惚れている私に気付いてか、どうすんのそれ買うの、とバケ子が訊いてきた。

買うよ。このまま、着て帰りたいくらいだ。

じゃあ、そうすっか。

いいのかな。

いいも悪いもねーだろ。ちょっと散歩するくらいなら、つきあってやるよ。

ウィッグは別のショップのものだったのでバケ子に一万円札を渡し、そちらの会計を任せることにした。私の方は服を着たままレジに向かい、値札だけ切ってもらった。よければなんですけど、と店員の女性が話しかけてくる。

なんでしょう。

ストッキング、いりますか。あたし今日余分に持ってるんで、よければどうぞ。

最後にすね毛を剃ってから一週間以上経っていた。ぽつぽつと生え始めており、できることなら隠したい。

いいんですか。

なんかお二人、いい感じだったんで。あ、変な意味じゃなくて、楽しそうだったというか。とにかくプレゼントです。

店員はちょっと待っててくださいねと言って一度スタッフルームらしき場所へ引っ込み、それから手に新品のタイツを持って戻ってきた。

どうぞ。

あの、ありがとうございます。

私の野太い声を聴いても店員は表情を変えず、どういたしましてとだけ言った。彼女は私が着ていた制服をていねいに折りたたみ、ビニールでくるんでから店の袋へ入れてくれた。会計は合わせて三万二千円だった。カットソーやスカートはそれほどでもなかったが、やはりブルゾンの値が張った。戻ってきたバケ子から釣りの三千円を受け取り、あらためてウィッグをかぶった。スカートをはいていると、地毛でいるよりウィッグをかぶっている方がはるかに落ち着いた。家に帰るまでの記憶はおぼろげだ。バケ子と一緒に街に出て、周囲の視線を気にしながらぶらついたことは覚えている。ドーナツを食べたような気もするしラーメン屋に行ったような気もする。バケ子は別れ際に、女装して外出る時はまた呼べよと言った。その時のはずんだ声は割とはっきり記憶している。

教室で私たちが仲良くにぎやかに会話することはなかった。私は別の男友だちとだべっていたし、バケ子は自分のペースで行動していた。変わったことと言えば、休み時間に弁当をつつきあいながら会話する友人がバケ子にもできたというくらいだ。私とバケ子は学校と関係のない場所で、ゆっくりと距離を縮めていった。

卒業してからもバケ子とのつき合いは続いた。バーに行く時、横にはたいていバケ子がいた。女装を止めてしばらく経ってから、彼女との連絡は途絶えた。

気を許してくれたのか、ユヅキは近い距離で私に接するようになった。昼飯時、夕方、就寝前あたりになると、スマートフォンには彼女からのメッセージが飛んでくる。送られてくる文面には絵文字を中心に装飾がほどこされていて、スタンプの使用率も高い。

《さっきのスタンプ何?》
《いま流行ってるアニメのやつ》
《なんで全員、髪の色ピンクとか緑とか水色とかなん?》
《知らない。アニメ会社にきいてよ》
《おもろい?》
《おもろい。なんか演出が凄い》
《どんな?》
《全員でポルシェの屋根に乗って突撃したり、なんの脈絡もないのにバラの花びらが舞ったりする》
《ぜんぜん伝わってこないんだが。》
《言葉で伝えるの限界あるよ! 自分で観ろよ‼》
教えてもらったタイトルを検索すると、もともと登録してある月額制の動画サイトで配信されていたので視聴することにした。全部で十二話なら、五時間か六時間もあれば一気に観終えることができる。時刻を見るとまだ零時を回ったばかりだ。八時に起床するにしても、二時間程度の睡眠は確保することができるだろう。観始めてみると、設定や物語がなかなか難解な作品で、内容に集中するまで時間がかかった。四人のメインヒロインは全員妖怪で、人間の姿をとって悪の組織と戦っており、それぞれ薔薇の花と砂漠の砂と南極の氷と火炎放射器を武器にして日々活躍している。耽美な映像をウリにしているらしく、ユヅキの言っていた通り花が舞ったり突然アイススケートが始まったり濃厚なキスシーンが意味もなく挿入されたりする。あまりにナンセンスな造りに、視聴しながらこのアニメは真っ当に終わるのだろうかと不安を抱いたが後半に差し掛かるとコミカルな調子は鳴りを潜め、理想の世界を目指して二つの組織が真っ向から戦いそれぞれが納得するかたちで新たな世界が創出されるという、きれいな着地を決めてくれた。観終えた時にはカーテンの隙間から朝の陽光が漏れ出していて、カラスやすずめも騒がしく鳴いていた。時計は五時四十分を指していた。二時間は寝ないと身体がもたない。長時間の集中でかわいた喉にミネラルウォーターを流してから、布団にもぐりこんだ。スマートフォンを手にしてメッセージアプリを開いた。なかなか文面が思いつかない。作品についての感想を誰かに伝えるというのは相当久しぶりのことで、どれくらいの密度で語っていいものか分からなかった。あまりに長文で事細かな感想を送ったらユヅキは気味悪がってしまうかもしれない。かと言って、結構よかったよなどと適当な意見を伝えたらそれはそれで残念に思われてしまう可能性がある。三行書いては一行消すような試行錯誤を続け、結局物語の印象と演出の妙に焦点を絞った感想を伝えた。一時間ほどは眠ることができた。

私たちは週に一度ほどのペースで落ち合い、適当に食事をしてから件のバーに繰り出すようになった。自分でも家でいろいろと試しているらしく、ユヅキのメイクが会うたびに自然なかたちになっていくのが分かった。彼女は服やメイクについていろいろな質問を私に投げかけ、そこで言った意見を素直に取り入れているようだった。同い年の友人であれば、金曜か土曜の夜に遊ぶのが普通かもしれないがユヅキと会う曜日に規則性は何もなかった。アルバイトの時間以外、彼女は常に自由であり、自分の思う通りにどのような夜を過ごすのかを決めることができた。私も私で遅くとも夜八時、早ければ五時に退社できる会社に勤めているため、彼女の都合に合わせるのはそうむずかしいことではなかった。一度、平日の夜に二日連続でユヅキと飲み歩いた時には、さすがに妻から説教もされたが最近できた友だちと妙に気が合ってさと言うと、それ以上は追及してこなかった。

妻と出会ったのは六年前、私が二十八歳の時だ。以前の会社の同僚で、どこか凛々しい空気をまといながら素早く着実に事務仕事をこなしていく彼女の姿に私は憧れていた。同い年ということで音楽や映画やお笑いについての話も弾み、交際からすぐに同棲を始め、一年も経たないうちに籍を入れた。彼女も息子も、いまの私の生活にとっては欠かせない存在で、これまでも十分な愛情を注いできたという自負くらいはある。ユヅキのことを、妻には話せなかった。彼女の話を長々とすれば、私の舌はだんだんと饒舌になり、うっかり通っているバーのこと、そしてかつて私が女装をどれほど楽しんでいたかも知られてしまうだろう。彼女は大概のことに寛容で、初めて家に泊まりに来た際私が緊張で勃起できなかった時にも、酩酊しすぎて早朝の街でゴミ袋と布団を間違えて眠りこけた時にも、しょうがないなあと一言いうだけでそれをいつまでも引きずるようなことはなかった。女装をそれらと同列に考えることはできない。これまでに幾度も、信頼し合っているはずのひととひととの繋がりが、女装趣味を片方が話したことで壊れてしまう様を見てきた。私はいまの家庭を気にいっている。いい父だとか素敵な夫だとかそんなことを言える分際ではないが、妻と息子は毎日それなりに楽しそうに過ごしており、見ているとこちらもあたたかな心地になってくる。余分なものを持ちこむ必要はないように思えた。後ろめたいことなど何もないのだ。ユヅキとの時間は妻との時間とは別に存在している。

ボーリングしたいんだけど、と電話をしている際にユヅキが言った。

なんでボーリング？

え、好きだから。

言葉を重ねていくうちに、だんだんと互いの趣味や嗜好についても知るようになっていった。ユヅキはところどころでずれた感性をしているが、大抵の部分においては健全な十代であり、頭の回転も速かった。アルバイト先の飲食店でも、どのように動けばいいか的確に判断できるため、店長や社員からの評判は高いらしい。彼女が未来のことをどれだけ真剣に考えているのかは分からないが、見知らぬ高校生の群れに押し込まれて息苦しい時間を過ごしているより、そこにある日常を満喫している姿の方がよほど真っ当に映った。不満をかかえたまま漫然と高校に通い卒業した自分が、何か損をしたような気持ちになる。

別にいいけど、おれ、ボーリング上手いぞ。

ハイスコアいくつ?

二百二十六。

はあ? それすごくない? プロになれるレベルじゃん。

別にコンスタントにそんなスコア出せるわけじゃない。普段は百五十とか百六十とか、それくらいだよ。

や、十分すごいから、それ。

ユヅキはどれくらいなの。

いつも百三十くらいかなあ。一回だけ、まぐれで百八十出したことあるけど。

それだけあればちゃんと勝負になるな。

なんないでしょ。百三十と百六十ってめっちゃ差あるから。ハンデちょうだい。そんでなんか賭けようよ。

いいよ。
じゃあ二十ポイントね。
二十はでかい。十で。
やだ。
じゃあ、いいよ。ハンデ二十で勝負な。
うん。明日、何時待ち合わせにする？
午前は眠い。
年寄りっぽいこと言うねえ。
働いてたらみんな休みの日の午前は寝たいんだよ。
あ。
なに。
タカシさんてなんの仕事してんの。
は、今更？　え、話したことないっけ。
ないない。訊いたのもこれが初めて。
マジか。おれ、飴細工の職人。
なにそれ。会社員だと思ってたわ。

いや、会社員だよ。会社で飴細工作ってんの。見たことない？　飴のかたまりをバーナーであぶってさ、柔らかくしてから思い通りのかたちにすんの。

あー、ある！　テレビで観たことある！　猫とかイルカとか飴で作るんでしょ。

そう。実演販売とかもやってる。

ぜんぜん知らなかった。公務員とかやってるイメージだった。

前はもうちょっとお堅い会社にいたんだよ。サプリ売ってる会社で営業やってた。

転職したんだ。

五年か六年くらい前かな。

なんで。

なんでだろうな。

ま、いいや。じゃあ明日、二時に品川でいい？　あそこ、駅の近くにボーリング場あるから。

いいよ、駅の改札らへんで待ち合わせね。

そこで私たちは通話を切った。人と関わる中で私はあまり相手のプロフィールに興味を持たない。同じ時間を過ごしていて楽しければそれでいい。飲み屋で知り合った相手と馬鹿騒ぎをして仲良くなるような場合にも、相手の職業や経済状況、もしくは人生に対する思想のようなものを知りたいと思うことはほとんどない。私といる時に相手が楽しみ相手が楽しませてくれるかどうかだけが大事で、その他の時間でどのような生き方をしていようとどうでもいいと考えてきた。いま初めてユヅキに自分の仕事を話してみて、もっと知ってほしいという欲が湧いた。逆もそうだ。彼女の普段の暮らしがどんなものか、出会ってから二ヶ月ほどの付き合いの中でおぼろげに見えてはきたが、まだ足りていない。これからも彼女と彼女をとりまく環境は大きく変わっていくだろう。私のそれとは比べ物にならない速度で。そのスピードに取り残されたくはなかった。彼女と私のあいだには大きな年齢差が横たわっているが、そのことを意識するのは避けたかった。多くの言葉を交わして彼女のことを分かり彼女に知ってもらいたい。私には彼女に伝えるべきたくさんの経験がある。それは彼女にとって、十分に得な情報となるはずだ。メイクや服に限った話じゃない。バーでの振る舞い方、上手く周囲に隠す方法、憂鬱になった際に気を紛らわせるやり方、媚びることなく相手を楽しませる会話術、客と喧嘩になった時の対応。私と過ごす中で彼女は育っていく。彼女がまとう鎧はどんどん頑丈なものになり、爛漫さと落ち着きを兼ね備えた大人へと近づいていく。その方向性はかなりの程度、私が定められるものなのだ。

ボーリングは私の圧勝に終わった。ユヅキがボーリングに熱中していたのは中学時代までで、高校に進学してからはまったく通っていなかったらしく、球は何度も横に逸れ溝に落ちた。なんだよこんなのおかしいよ、あのレーン絶対かたむいてるよ、靴の裏もやったらつるつるして滑るし、とぶつくさ文句を垂れていたが、自動販売機でカフェオレを二つ買ってきて渡してやると黙ってそれをこくこくと飲み、すっきりした様子でもうどっか別の場所遊びに行こうよと言った。

映画を観ようかという話になったが、駅の近くにある劇場に入ってみるとちょうどいい時間に上映している作品がなく、私たちは駅と劇場のあいだにあるクレープ屋に立ち寄ってから、すぐ横の階段に腰を下ろした。私はバナナチョコ生クリームを、ユヅキはチキンチリペッパーをほおばった。通り過ぎる人々が私たちを見ていた。ただそのほとんどの視線は私にではなく、横にすわっている見目のよい少女にそそがれているように想えた。男性たちの多くはきっと私をうらやんでいるに違いない。ユヅキは通行人を気にする様子もなく、右手にクレープを、左手にウーロン茶を備え、交互に口へ運んでいた。

昔からさ、そういうおかずっぽいクレープ食べるやつって意味分かんない、と私は言った。

は、なんで？　美味いし。

だってクレープって甘くてなんぼみたいなところあるじゃん。いちごとかバナナとかブルーベリーとかが王道でしょ。ツナとかカレーとかわざわざクレープで食いたいかね。

俺、そんなに甘いもの好きじゃないからこういうスナッククレープの方がいいの。どうせ食ったことないのに文句言ってんでしょ、試してみ。

そう言ってユヅキは自分のクレープを私に差し出してきた。彼女のくちびるはチリペッパーの色で赤くなっている。彼女が噛んだ部分を避けるようにして、口をつけた。生クリームの甘さが残っている口内に、辛さと鶏肉の味が紛れこんでくる。たしかに美味いわ、と私はつぶやいた。自然にこぼれた本音だ。

でしょ？　偏見持たないで食えば美味いんだよ。

ユヅキの言っていることは正論だったが、長い年月のあいだにクレープはおやつと思いこんでしまっている私にとって、その感覚を受け入れることはむずかしかった。受け取ってばかりでは悪いかなと、私も自分のバナナチョコ生クリームを差し出した。ユヅキはそれを手にとって、大きく口を開けてかぶりついた。

ちょ、おまえ、食い過ぎ。

いいじゃん、別に。たまに食うとこういう甘いクレープも悪くないね。

苦手じゃないのか？

嫌いな果物や菓子があるってだけだよ。バナナもチョコも好きだから、これはあり。

そういうもんかね。

食い終えて、お互い自分の口元をティッシュでぬぐってから紙をごみ箱に捨て、歩き出した。遊園地あるの知ってる、とユヅキがたずねてきた。

遊園地？　この近くに？

遊園地ってほどじゃないかな。アトラクションみたいな？　そこのホテルの中にさ、ジェットコースターとかメリーゴーランドも入ってるんだって。

なんかしょぼそうだな。

それならそれで話のネタになるじゃん。気になるからさ、ちょっと行ってみようよ。

ユヅキが私の手を引いて歩き出した。指と指が絡むようなかたちではなく、私の右手の甲を手のひらでつつむようにして。彼女は少し汗を掻いていた。クレープを食べた直後だからか、やけに体温が高く感じられた。ほんの三秒か四秒で、彼女の手のひらの感触は離れていった。ゲームセンターを抜けた先に小さな階段があって、それを降りたところが施設の入り口となっていた。ジェットコースターやメリーゴーランドに加え、海賊船や３Ｄシアター、それにミラーハウスといったアトラクションが用意されているようだ。たしかに遊園地と呼ぶには大げさかもしれないが、施設内には赤いじゅうたんが敷かれ豪奢な雰囲気を作っており、それなりに楽しめそうに見えた。

何から行こうか、とユヅキに訊いてみる。

ミラーハウスってどんなの？

おれも行ったことないけど、天井や壁が鏡張りになってるやつだろ。

入ってみよう。

いいよ。

ミラーハウスの中は壁と天井だけでなく床までも鏡張りになっていて、その中を歩いていくというのはだいぶおっかない体験だった。今にも床をぬけて自分の身体が落ちてしまうような感覚に加え、気を抜いて歩いているとどこからが鏡になっているのか分からず壁へぶつかりそうになる。単純な仕掛けだがよくできている。離れた場所から子どもの泣き声と、それをあやす母親の声が聴こえた。私が前を歩き、ユヅキがその後ろをついてくるようなかたちで進んでいった。出口までは十分かそこらで辿り着いたが、私は肩と頭を四回ばかり壁にぶつけており、それなりにスリリングな体験となった。割に面白かったね、とユヅキがはずんだ声で言うので、結構わくわくしたと答えた。そのまま私たちはジェットコースターの乗り場に向かった。存在を知られてないのか人気がないのかは分からないが、アトラクションは全体的に人が少なく、並ばずにジェットコースターに乗ることができた。立派な造りだった先ほどのミラーハウスとは違い、こちらはどうにもアトラクションとして安っぽい感じがした。コースター自体が地味な見た目をしていたし、何より、安全のために腰へ巻いたシートベルトはかなり長いあいだ交換されていないようで布がところどころほつれていた。

ジェットコースターが動き出す。十代や二十代の頃は、友だちと一緒にいろいろな遊園地を巡り、絶叫系のアトラクションを楽しんだ。それもあって私はジェットコースターへの耐性は高い方だと思っていたが、ひょっとしたらこのぼろぼろのシートベルトが千切れるんじゃないかという恐怖に加え、真っ当な遊園地ではあり得ないだろうというくらいに車体が左右へガタゴトと大きな音を立てて揺れながら走っていくものだから、思わずひっという小さな息が漏れた。心臓の音が大きくなり身体が強張っていることが自分で理解できた。十年か、それ以上か、私はジェットコースターに乗っていない。脂肪が落ちにくくなったり体毛が濃くなったりしてきたのと同様に、私の身体や精神は、こうした死を感じさせる乗り物への耐性までも低くしてしまっているようだった。横にいるユヅキはきゃほーと奇声を上げ楽しんでいたが、私にそのような余裕はなく、コースターが最初の地点に戻るまでひたすら声を殺しベルトを強く握りしめることしかできなかった。私はふらついた足でコースターを降り、ひゅうひゅうと荒い息を吐きながら近くの壁にもたれかかった。

タカシさん、だいじょぶ？　ジェットコースター苦手だったんなら先に言ってよ。

いや、別に苦手じゃない。だいぶ長いこと乗ってなかったから少しくらっとしただけ。一分くらい休めば復活するから、平気。

ならいいけど。どうする、どっか行って休む感じでもいいよ。

ユヅキ、もうちょっと遊びたいだろ。

まあ海賊船は乗ってみたいかな。

じゃあそうしよう。おれはだいじょうぶだから。

はいよ。

そのまま少し休憩していると、徐々に脈拍は通常のものに戻り、全身の強張りもとれてきた。もう一個アトラクションで遊ぶくらい、何も問題はない。次に待っているのはおんぼろのジェットコースターのような恐怖をともなうものではなく、水の上を船でゆったりと進むような乗り物だろう。ここを出て下手に歩き回るよりも、そちらの方がゆったりできるように思えた。実際にアトラクションへ向かってみると、私が想像していたものとはまったく異なる船が用意されていた。海賊船とだけ表示されていたそのアトラクションは、空中に浮かんだ船が前後に大きく揺れる形式で、おそらくは絶叫系に分類されるものだった。ほほの肉がひきつるのが分かった。もう体調よくなったかな、とユヅキがたずねてくる。ぜんぜん問題ないよと私は答えた。

船に乗りこみ、先ほどと同じようにシートベルトを締めた。私たちは船の一番端っこに乗っていた。ユヅキによれば、そちらの方が揺れの幅が大きくなり迫力が増すらしい。このタイプのアトラクションを体験するのは初めてではなかったが、私は船の中央辺りにしかすわったことがなく、一番端に乗ることでどれくらい恐怖の度合いが増すのかは予想できなかった。乗っている客が私たちしかおらず、前方の視界があまりにも開けていることが余計に恐怖心を高めた。船が、小さく揺れた。ぎいこぎいこと、油をさしているのか疑わしくなるような音を立てながら、前後への揺れ幅を少しずつ大きくしていく。船の最後尾の部分は振り子運動の影響を最も受ける位置となり、降下する際には高層ビルから突き落とされたかのようなおそろしさにつつまれた。無言で歯をくいしばり両の手を握って、船が停止するのを待った。腕を組んで真顔になっている私の様子は、ユヅキからすれば何かに祈りをささげているように見えたかもしれない。

最後に一度だけ大きく振れて、アトラクションは終わった。私は何もしゃべることができなかった。だいじょうぶかと訊いてくるユヅキにだいじょうぶだと返したが、普通に歩くことすら難しく、出口からすぐ近くの場所で足を止め、右の手のひらで両目をおおった。吐き気はなかったが身体はかたかたと震え、照明の光のまぶしさだけで眩暈がした。脇の下にユヅキの手が差し込まれた。歩けないでしょという彼女の声に、私は沈黙で返した。少し歩いたところにあった非常用の扉を開け、コンクリートの地面に腰を下ろした。

ユヅキもすぐ横に並ぶ。

服汚れるぞ、と私は弱々しい声で言った。

別にいいよ。それよりさ、ごめんね。絶叫系苦手なのに付きあわせちゃって。

海賊船に乗るって言ったのはおれなんだから、気にしなくていい。昔は別に、苦手でもなんでもなかったんだ。なんでだろうな、今日はぜんぜんダメだった。怖くて、普通に身がすくんだ。

そういうのって年齢で変わるものなのかな。

うちの奥さんなんだけど。

うん。

小さい頃からずっと高所恐怖症でビルの五階から外を見るのも無理なくらいだったのに、二十代の後半くらいになったらいきなり治ったらしい。今は東京タワーやスカイツリー行ってもぜんぜん平気。

きっかけってあったの。

別にないって。

変なの。

そういうもんなんだろう。

頭。

なに?

壁ごつごつしてるし、そのままじゃ痛いでしょ。

ユヅキは私との距離を詰めて、自分の左肩に私の頭をのせた。

楽になるまでこのままの姿勢でいていいよ。

さんきゅ。

彼女の言葉に甘えるかたちで、頭を右に倒したまま目をつぶり、無言のままゆっくりと呼吸を整えた。十分か十五分か、それくらいは休んでいたと思う。一度ちらりと目を開けると、ユヅキはかばんから取り出した本を開き、細い指でページをめくっていた。初めて会った時には素の状態だった爪に、オレンジのネイルが塗られていた。その手はたしかに男性のものだったが、白く長い指に、暖色のネイルはとてもよく映えている。

次に目を開けた時、体調はすっかり回復していた。眩暈もないし身体も十分にゆるんでいる。ユヅキの肩から頭を離し、トートバッグに入れていたミネラルウォーターを取り出した。水を口にふくむと余計なものが全部流れていくようで心地よかった。

ありがと。もう平気。

一応もう少し休んだ方がいいよ。そんでどっか動こう。

そだな。

ユヅキは今日、黒のロングコートをまとっていた。首には白と黒の糸が混じり合ったスヌードを巻き、グレーのスカートをはいている。ハイヒールはこれまでに見たものよりも高く、七センチ以上はあるように想われた。どれも初めて見る服や小物だ。

最近買い物行ったの、と私はたずねた。

先週ね。バイト代入ったからさ。服買ったり化粧品そろえたりした。

似合ってるよ。黒系もいいじゃん。

そう、ありがと。

ユヅキはこれまでひとりでこっそりと女装しては街を歩くだけの生活を送っていたので誉められることに慣れていない。照れくさそうにこちらから顔をそむけ、うなじのあたりを掻いた。ウィッグの質が、少し気になった。パサついている感じが否めず、おそらく近くに寄れば多くの人はそれが地毛でないことに気付いてしまうだろう。ウィッグの安っぽさが彼女の全身のバランスを崩してしまっていることは間違いない。

おれのウィッグやろうか、と私は提案した。うちにまだ三つか四つくらいは保管してあるんだ。

え、それすっごい助かる。ウィッグってさ、いいの買おうとすると高いじゃん。だから今も二つしか持ってなくて、困ってんだよね。

いくらくらいのやつ？

どっちも三千円くらいだったかな。

あー、その価格帯だと、いいのは買えないな。

やっぱりぜんぜん違う？

ウィッグの毛先を気にしながら不安そうな表情を浮かべるユヅキを見て、一瞬そんなことないけどと気遣いの言葉をいうべきか迷ったが、遠慮したところで彼女のためにはならないと考え、正直な感想を伝えることにした。

今の格好で、ウィッグだけすごい浮いてる。

マジでー。なんか恥ずかしくなってきた。そんなに変かな？

変ってわけじゃないけど、なんかかぶってるってのはすぐ分かる。この先も女装するならいいやつ持っとくべきだよ。

タカシさんが保管してるやつってどんなの。

一個、五万円くらいするやつ。

は？　え、それもらっちゃっていいわけ？

うん、いいよ。サイズ合うか分かんないけど服とか、あと小物とかもやるよ。ありがたいけどさ、さすがに申し訳ないっていうか。だってタカシさんだってまた女の格好したくなるかもしれないじゃん。

ないよ。すぱっと止めたんだ、おれは。それに昔より体重十五キロくらい増えてるから、その頃着てた服を無理やり着てもぜんぜん似合わない。今のでぶった見た目で女装しようとは思わないな。

でぶという言い回しに対し、ユヅキは特にフォローの言葉を入れなかった。それは自虐でもなんでもなく、端的な事実なのだ。なぐさめを期待していたわけじゃない。もともと私は痩せ型というわけではなかったし、脂肪の付きやすい体質だったのか、女装を止めて食事を節制しなくなってからはみるみるうちに太っていった。今の私はまぎれもないでぶで、よく言ってもせいぜい恰幅のいい中年男性で、ドレスもヒールも似合わない。女物のストリートファッションをしてヒールではない普通の靴を履くことくらいはできるだろうが、そんなことをしても装いを楽しむことはできないだろう。

もう着ないにしても、思い出とかあるでしょ。捨てられないから、今もとってあるんじゃないの。

そのようにユヅキは言った。的外れな見解ではなかった。私は半年に一度くらいの割合で、自室のクローゼットの奥深くにしまってある女物の服をベッドの上に並べ、この服はバケ子と朝まで日本酒を飲んでいた時に着ていたもの、こっちのやつは渋谷でナンパされた時に身に着けていたものなどと昔のことを思い出している。単なる感傷だ。私はそこにやり直したい過去やこの先の可能性を見ているわけではなく、ただ懐かしいアルバムを開いているだけのことで、洋服や小物を喜んでくれる人間がいるならばその人に手渡してしまった方がいい。

そんな重っ苦しい話じゃないよ。もともと物捨てるのが苦手ってだけだ。気にしないでもらってくれていい。

それなら、お言葉に甘える感じで。

うん、今度持ってくるわ。あ、その前にワンピースとかコートは写メにとって送る。そんで気に入ったやつ教えてくれれば。

奥さんってさ。

ん？

女物の服があること気にしないの。

あの人は、おれが女装してたこと自体知らないんだ。ちょっと後ろめたいけど、言うつもりはないかな。服も、隠してある。

そっか。

うん。

とりあえず、俺が大学出て就職したら最初の給料でタカシさんにめっちゃ高いメシ奢るよ。フレンチと中華とイタリアン三日連続で行くみたいな。

おう、話半分に期待しとく。つーか、ユヅキ、大学行くの？

行くつもり。バイト忙しいけど、最近はちゃんと勉強もしてるよ。高校行ってた時のクラスメイトで勉強見てくれるやつがいてさ、そいつのおかげで成績も結構上がったんだ。来年はバイト減らして高卒認定とって、それなりに偏差値高い大学行けるようがんばる。

　割にちゃんと考えてるんだな。

これくらいは普通でしょ。そこまでガキじゃないし。

そこまで話して私たちは立ち上がり、場所を移動することにした。いつもと同じように田町へ向かい、バーで華やかな会話をすることになるだろう。

昼から遊ぶのも悪くないなと私はこぼした。それは率直に出た感想で、実際、仕事上がりの夜にひとりで居酒屋に行くか、家で妻と映画を観ながらビールを飲むかばかりを繰り返していた私にとって、この日の経験は新鮮なものだった。ユヅキと私は十八も齢が離れているが、子どもをあやすように付き合ったりはせず、対等な関係を築けている。それはおそらく私の度量が大きいというような話ではなく、年齢が上の相手にも臆することなく心を開けるユヅキの性格によるものだ。彼女といるとじめじめとした私の思考も、からりと明るいものへ移り変わっていくような気がした。ジェットコースターや海賊船のことも、しばらくすれば笑える記憶となるだろう。

結構楽しかったなここ、と私は言った。

彼女ができたらデートとかにも使えそうだなあとユヅキは無邪気な声で返してきた。

その日のバーは、いささか客層が悪かった。最初の一時間は、もはや顔なじみとなったモスグリーンと黒ゴシックと一緒にカウンターで四人になって飲んでいたのだが、そのあとで新規の客が二人入ってきた。彼らはどちらも女装をしていない。髪に塗った整髪料がてかてかと光り、かすかにひげも生え、スーツ姿にネクタイをきっちりと締めていた。彼らはひとしきり店内を見渡した後、ユヅキがすわっているそのすぐ左に腰を下ろした。嫌な感じがした。ユヅキの左側が六席空いているのだから、普通は距離をとってすわろうとするはずなのに。

初めての客ということでサスケともうひとりの店子が料金システムを丁寧に説明しようとしたが、片方の男が横柄な口調で、あーあー大体分かるから別にいいわそれより焼酎ボトル一本早く入れて喉かわいてるから、と言って断った。

どんな焼酎がいいですか？　鏡月、八重丸、吉四六……。

んー、どれでもいいどれでもいい。

じゃあ鏡月にしますか。

だからどれでもいいって、早くして。

分かりました。割りものはどうしましょう。ウーロン茶と……。

じゃ、ウーロン茶でいいわ。スピーディーにね、スピーディーに。

はい。

どうやら男二人はこのバーへ来る前にも相当な量の酒を飲んできているようだった。あまりに傲慢な態度に私は眉間にしわを寄せ思わずそちらに目をやってしまったが、それを察したサスケが小声でこれくらいだいじょうぶだからと言って諫めてくれた。黒ゴシックとモスグリーンは関わりたくない種類の客だと判断したのだろう。こちらを一瞥だにすることなく、店子を含めた三人で会話に花を咲かせている。自分たちだけで盛り上がってくれるような客なら問題ないのだが、男性二人は酒が運ばれてきてすぐ、私とユヅキに話しかけてきた。ユヅキは特に彼らを意識する様子もなく、私と他愛ない世間話をしながらジャスミン割りをごくごくと飲んでいる。なるべく、私も普段通りに振る舞うのがいいだろう。

二人はカップルなの、と黒縁の眼鏡をかけた男性が訊いてきた。失礼な言い回しをしているという自覚は微塵もないようだった。

カップルってわけじゃないです、ただの友だち、と私は返した。

齢、結構離れてるよね？　それで友だちなの？　お兄さんはいくつ、三十代？　四十代？

僕が三十四で、こっちの子が二十二歳です。

そう言って私はユヅキの膝を男性たちに見えないように軽く二回、ぽんぽんと叩いた。適当に嘘ついてごまかすから任せろという合図だ。ユヅキは私の方を向くことなく、小さくこくりとうなずいた。

お兄さんはここよく来るの、とひげの男がたずねてくる。

そうですね。結構昔からの常連です。

ふーん、でも女装はしてないんだ。え、女装してる男が好きとか？

男性二人は大きな声を出して笑った。店内にひやりとした重い空気が漂った。離れたところにいる黒ゴシックとモスグリーンも不快感をあらわにした顔でこちらを見ている。男性二人は、明らかに女装しているオカマを見物に来たという種類の客だった。酒のつまみに、動物園へ立ち寄ってみたというようなものだ。決して珍しいことではないし、私ひとりだったら適当に話を合わせたあとで不自然にならないよう会計を済ませてしまうところだが、今は横にユヅキがいる。どういった対応をすればいいか、迷った。男性二人が笑っている正面へサスケが立った。付き合いが長いだけあって、彼女は私がどういう客を苦手としており、どのようなタイミングで怒りがピークに達するかをおおよそ知っている。自分が相手をすることで場を穏便におさめようとするサスケの対応は、とてもありがたいものだった。

サスケは、お兄さんたち今日はお仕事帰りなんですかーとか、遊びに来てくれてありがとうございますーなどと笑顔を作って応対した。あたしも一杯もらっていいですかーと彼女は言った。店子がボトルを入れたお客に一杯お願いするというのは、客と店子の距離が近い種類のバーでは当然のことで何も失礼なものではない。何言ってんの駄目だよ、自分の飲み物は自分の金で飲まなきゃ、と片方の男が言った。一瞬、サスケは真顔になったが、すぐに柔和なものに戻り、そうですよねー失礼しましたと言って引き下がった。

そのやりとりで、男二人がこの手の店に慣れていないだろうことが見て取れた。照明が暗い上に私がきちんと顔を見ていなかったため気付かなかったが、彼らはだいぶ若い。いっていても三十、ひょっとすると二十代前半ということもあり得るようなあどけなさを顔と肌に残していた。昔から、この手の客が苦手だ。女装してみんなで穏やかに飲んでいる中に、いきなり物見遊山で乱入してくるような連中。店内をじろじろと見まわした後、席にについてもどこかにやつきながら店員や客をからかってくるというのがお決まりのパター
ンだ。実際、彼らはサスケに対してもタメ口で、それは親しさの表れなどではなく彼女や
店を見下している態度だ。ほどなくして二人の視線が、ユヅキに向けられる。
え、君はほんとに男なの？
そうですよ、と気を悪くした様子もなく明るい調子でユヅキは答える。
すごいね、完全に女の子に見えるわ、スカートめくったら怒る？
そういうサービスはやってないですよー。
ははっ、そっか。え、女の子になりたいとか、そういう感じ？
いやー、別にそういうわけでもないかなー。
私はスマートフォンをいじり、ユヅキにメッセージを飛ばした。
《横の客、うざかったら店変えよう。我慢できなくなったらすぐ言って。》
小さなかばんの中でユヅキのスマートフォンが振動する。彼女はそれを取り出して、何
秒か画面を見つめ、すぐに返信を寄こした。
《別にこんくらい気になんないよ。適当に流しとくからだいじょうぶ》

自分が女装を始めたばかりの頃、いい加減な客のいい加減な言葉に少なからず傷つけられた。どれだけ丁寧にメイクをして、自分にあった素敵な服を纏おうと、心無い人たちは、女装とか気持ち悪いという一言でこちらの努力を台無しにしてしまう。どうしてノンケの男たちが女装をしている人間に対し攻撃的になるのか、三十四歳になった今の私は理解している。彼らは私たちをおそれている。中身が男だとしても、美しく妖艶に映る相手に対して、連中はときめき、欲情してしまう。その時彼らは、自分が男に対してでも欲情してしまうという事実を認めたくないのだ。だからこそ、ユヅキのような見た目のよい相手に対して不快なからみ方をする。自分はこの男とも女ともつかない人間にときめいてなどおらず、平気で暴言を吐けるのだという姿勢を見せつけることで、心の平穏を保とうとする。くだらない連中だ。

仮にいま私が女装しており彼らにどれだけ蔑まれたところで、傷を受けるようなことはないだろう。私はそうした言動に慣れてしまっているし、何より自分の女装に対するこだわりをとうになくしてしまっているから。私の関心はユヅキにだけ向けられていた。きっと彼女はこれまで、自分を否定してくるような人間に出会ったことはないはずだ。女装していることを知っている身近な人間はおそらく私だけだし、その私は彼女を傷つけたりおとしめたりするような言葉を間違っても使わない。男二人はにやついた表情のまま、ユヅ

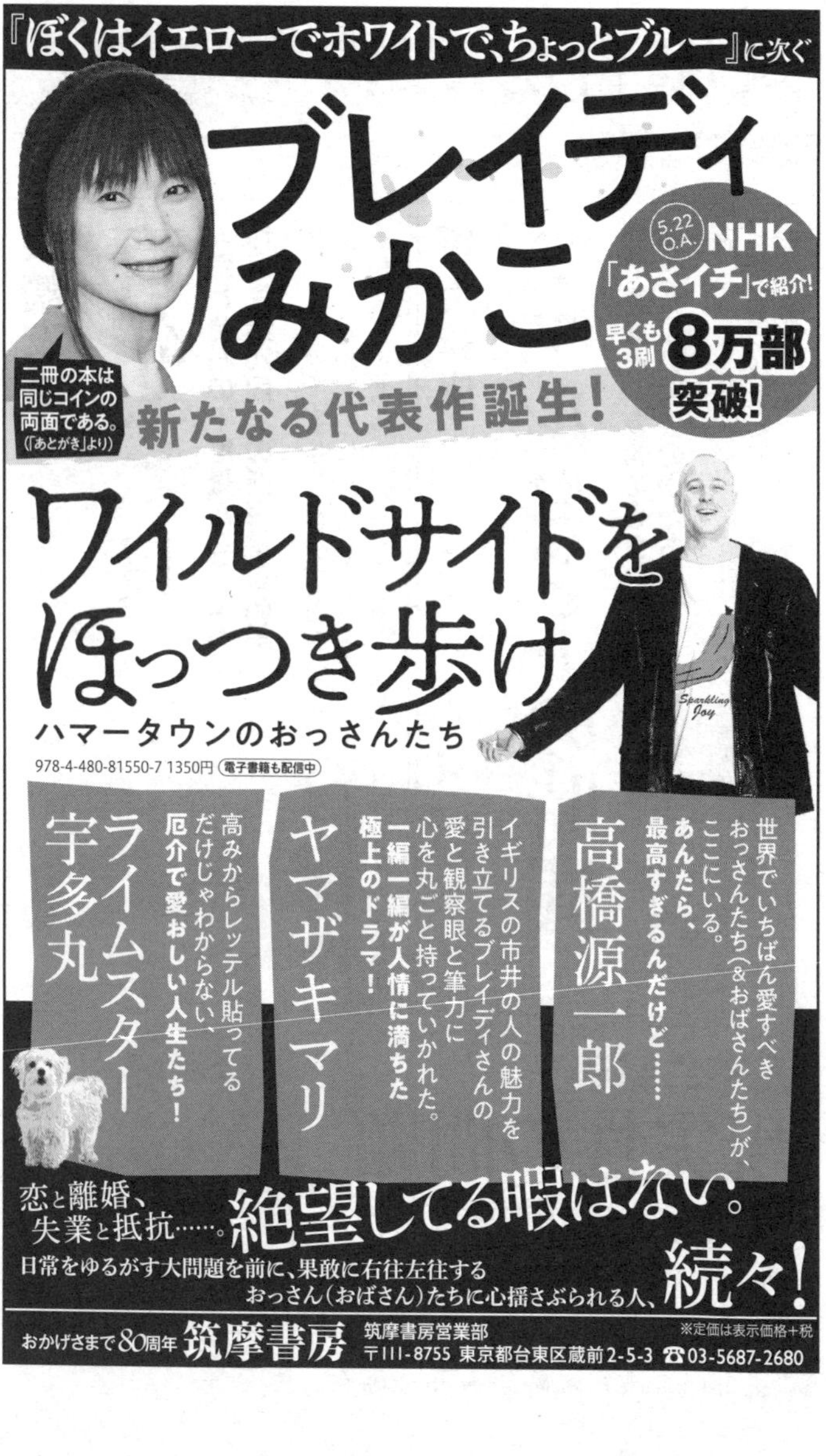
『ぼくはイエローでホワイトで、ちょっとブルー』に次ぐ
ブレイディみかこ
5.22 O.A. NHK「あさイチ」で紹介!
早くも3刷 8万部突破!
二冊の本は同じコインの両面である。（「あとがき」より）
新たなる代表作誕生!
ワイルドサイドをほっつき歩け
ハマータウンのおっさんたち
978-4-480-81550-7 1350円 電子書籍も配信中
世界でいちばん愛すべきおっさんたち（&おばさんたち）が、ここにいる。
あんたら、最高すぎるんだけど……
高橋源一郎
イギリスの市井の人の魅力を引き立てるブレイディさんの愛と観察眼と筆力に心を丸ごと持っていかれた。
一編一編が人情に満ちた極上のドラマ!
ヤマザキマリ
高みからレッテル貼ってるだけじゃわからない、
厄介で愛おしい人生たち!
ライムスター宇多丸
恋と離婚、失業と抵抗……。絶望してる暇はない。
日常をゆるがす大問題を前に、果敢に右往左往するおっさん（おばさん）たちに心揺さぶられる人、続々!
おかげさまで80周年 筑摩書房
筑摩書房営業部
〒111-8755 東京都台東区蔵前2-5-3 ☎03-5687-2680
※定価は表示価格+税

7月の新刊 ●11日発売 **ちくま文庫**

日常の淵

ササキバラ・ゴウ 編

●現代マンガ選集

いまここで、生きる

変わりゆく時代の中で人はいかに日常と向き合ってきたか。楠勝平／つげ義春／永島慎二／近藤ようこ／高野文子／つげ忠男／水木しげる／鈴木翁二ほか。

43673-3
800円

それでも生きる

石井光太

●国際協力リアル教室

僕たちには何ができる?

途上国の子供が生きる世界は厳しい。貧困と飢餓、教育の不足、児童婚、労働、戦争――。世界中を歩き続けた著者と共に、国際協力の「現実」を学ぶ。

43679-5
720円

詩歌の待ち伏せ

北村薫

〝本の達人〟による折々に出会った詩歌との出会いが生んだ名エッセイ。これまでに刊行されていた3冊を合本した〈決定版〉。（佐藤夕子）

43680-1
1200円

俳優と戦争と活字と

濱田研吾

西村晃、山田五十鈴、加東大介……。俳優たちが体験した戦争とは。中国大陸、特攻、慰問、原爆、抑留など、書き残された資料から読み解いてゆく。

43683-2
1100円

森の文学館

和田博文 編

●緑の記憶の物語

豊かな恵みに満ちた森は、時に心の奥への通路や魔術的な結界となる。宮崎駿、古井由吉、佐藤さとる、多和田葉子などなど、日常を離れて楽しむ38編。

43685-6
840円

6桁の数字はISBNコードです。頭に978-4-480をつけてご利用下さい。
内容紹介の末尾のカッコ内は解説者です。

好評の既刊

＊印は6月の新刊

わたしの中の自然に目覚めて生きるのです 増補版
服部みれい 悩みの答えを見つけるには
43611-5 680円

森毅ベスト・エッセイ
森毅 池内紀 編 生きるのがきっと楽になる
43615-3 950円

父が子に語る日本史
小島毅 次の世代に何を伝える？
43624-5 800円

温泉まんが
山田英生 編 白土三平、つげ義春、楳図かずお、他収録
43631-3 780円

したたかな植物たち ●あの手この手のマル秘大作戦【秋冬篇】
多田多恵子 眠れなくなるほど面白い植物の本！
43619-1 950円

家族最初の日
植本一子 家族で過ごした、素晴らしい瞬間の数々がここにある
43627-6 980円

独居老人スタイル
都築響一 ひとりで生きて、何が悪い。人生の大先輩16人のインタビュー集
43626-9 1000円

やっさもっさ
獅子文六 〝横浜〟を舞台に鋭い批評性も光る傑作
43638-2 840円

エーゲ 永遠回帰の海
立花隆 須田慎太郎［写真］ 伝説の名著、待望の文庫化！
43642-9 1000円

高峰秀子の流儀
斎藤明美 没後10年の今読みたい、豊かな感性と思慮深さ
43630-6 860円

鴻上尚史のごあいさつ 1981 - 2019
鴻上尚史 「第三舞台」から最新作までの「ごあいさつ」！
43636-8 1200円

小川洋子と読む 内田百閒アンソロジー
内田百閒 小川洋子 編 最高の読み手と味わう最高の内田百閒
43641-2 880円

土曜日は灰色の馬
恩田陸 とっておきのエッセイが待望の文庫化！
43647-4 720円

向田邦子ベスト・エッセイ
向田邦子 向田和子 編 人間の面白さ、奥深さを描く！
43659-7 900円

新版 一生モノの勉強法 ●理系的「知的生産戦略」のすべて
鎌田浩毅 勉強本ベストセラーの完全リニューアル版
43646-7 800円

奴隷のしつけ方
マルクス・シドニウス・ファルクス 奴隷マネジメント術の決定版！
43662-7 800円

現代マンガ選集 表現の冒険
中条省平 編 マンガに革新をもたらした決定的な傑作群
43671-9 800円

＊現代マンガ選集 破壊せよ、と笑いは言った
斎藤宣彦 編 〈ギャグ〉は手法から一大ジャンルへ
43672-6 800円

＊隔離の島
J・M・G・ル・クレジオ ノーベル賞作家の代表的長編小説
43681-8 1500円

＊必ず食える1％の人になる方法
藤原和博 「人生の教科書」コレクション2 対談 西野亮廣
43682-5 720円

6桁の数字はISBNコードです。頭に978-4-480をつけてご利用下さい。

7月の新刊　●9日発売

ちくま学芸文庫

記号論講義
石田英敬　■日常生活批判のためのレッスン

モノやメディアが現代人に押しつけてくる記号の嵐。それに飲み込まれず日常を生き抜くには？　東京大学の講義をもとにした記号論の教科書決定版！

09989-1
1700円

ノーベル賞で読む現代経済学
トーマス・カリアー　小坂恵理　訳

経済学は世界をどう変えてきたか。ノーベル経済学賞全受賞者を取り上げ、その功績や影響から現代経済学の流れを一望する画期的試み。（瀧澤弘和）

09997-6
1800円

資本主義と奴隷制
エリック・ウィリアムズ　中山毅　訳

産業革命は勤勉と禁欲と合理主義の精神などではなく、黒人奴隷の血と汗がもたらしたことを告発した歴史的名著。待望の文庫化。（川北稔）

09992-1
1700円

大元帥　昭和天皇
山田朗

昭和天皇は、豊富な軍事知識と非凡な戦略・戦術眼の持ち主でもあった。軍事を統帥する大元帥としての積極的な戦争指導の実像を描く。（茶谷誠一）

09971-6
1500円

叙任権闘争
オーギュスタン・フリシュ　野口洋二　訳

十一世紀から十二世紀にかけ、西欧では聖職者の任命をめぐり教俗両権の間に巨大な争いが起きた。この出来事を広い視野から捉えた中世史の基本文献。

09993-8
1300円

Math & Science

数理のめがね
坪井忠二

物のかぞえかた、勝負の確率といった身近な現象の本質を解き明かす地球物理学の大家による数理エッセイ。後半に「微分方程式雑記帳」を収録する。

09995-2
1200円

6桁の数字はISBNコードです。頭に978-4-480をつけてご利用下さい。
内容紹介の末尾のカッコ内は解説者です。

キに質問を続けている。私は首の後ろをぽりぽりと掻きながら、彼らの会話に聞き耳を立てている。手術して女になっちゃいなよとか男の格好してるとこも見てみたいなと無礼な発言を連発する相手に対し、ユヅキはいらだちを声に含ませることなく冷静に対応し場をもたせていた。あたかもユヅキが店子になって、不愉快な客の相手をしているような状況は歓迎できるものではなかったが、私が急に割り込んでも事態を悪化させてしまうと考え、もう少し静観することにした。

おさえきれなくなるまで、それほど時間はかからなかった。ひとりでぼうっとしている私を気遣ったサスケが正面に来てくれたので、私は彼女とあたりさわりのない会話をしながらウーロンハイを飲んでいたが、間を置かずして視界の左端に、片方の男の手がユヅキの股間をまさぐる光景が映った。こうしたら勃っちゃったりしてーと男は冗談めかした発言をしたが、ユヅキは明らかにひきつった笑いを浮かべながら戸惑っており、これ以上こらえる意味はないと思った。サスケよりも私の方がほんの少しだけ動くのは速かった。席を立って、男の頭頂部の髪をわしづかみにした。

あんた、何やってんだ。

は？　え、なんだよ。

おまえいま、こいつの股間触っただろ。

キレすぎだろあんた。落ち着けよ。

落ち着けじゃねえんだよ。初対面の人間の股間まさぐるってどういう神経してんだ。そんなにサカってんならおさわりパブでも行ってろよ。ここは単に女装した連中が集まって平和に飲む店だ。おまえらのクソみてーな性欲満たす場所じゃねえんだよ。

私は腕力にも喧嘩にもまるっきり自信などなかった。ただこの店で、しかもユヅキが横にいる状況で、それを放置しているわけにはいかないという使命感だけで動いていた。相手が殴ってきたらどうしようかという恐怖に、足がすくんだ。おびえているのは彼らではなく私の方だ。離せよ、と男が私の手を振り払った。

勘定してくれ勘定、と言って男が財布を取り出した。サスケが伝票を渡すと男はそこに一万円を置いて、釣りを受け取らないまま連れと一緒に出て行った。ドアを閉める直前、くっだらねえ店だなあという捨て台詞が耳をついた。

彼らが出ていくと、店の空気がやわらかいものになるのがはっきりと分かった。全員がほとんど同時に大きく息を吐いた。

ごめんね、タッキー。あいつらはちゃんと出禁にしとくから。

や、髪引っ張ったのはやり過ぎだったかもしれない。サスケに任せる方がよかったんだろうな。出過ぎた真似してたらごめん。

ぜんぜんいいよ。むしろスカッとしたさ。

サスケがそのように言ってくれたことで、私は多少落ち着きを取り戻した。黒ゴシックとモスグリーンが、席を立って私の横に来た。なんもしないでごめんね、ああいう男の人あたしたちすっごい苦手で、怖かったから関わりたくなくて、助かったよありがと、と黒ゴシックが言った。勝手におれがやっただけだからなんも気にしないでいいよ、普通に、楽しく飲もうよと私は返し、彼女たちとグラスを合わせてあらためて乾杯をした。横から、鼻をすする音が聴こえた。ユヅキは下を向いて、静かに涙をこぼしていた。胸を締め付けられるような思いがしたが、怒りをぶつけるべき相手はすでに去ってしまっている。一発くらい拳で殴っておくべきだった。そんな勇気が私にあるのかは分からないけれど。

いやな思いさせてごめんな、おれがもっと早く席入れ替わっとけばよかった、気持ち悪かったろう。

股間を触られた経験は私も何度かある。最初の時は、何をされているのか分からず頭がぼうっとして、反応することも抵抗することもできなかった。当時、このバーで店長を務めていた人が止めてくれなかったら、より深い傷を心に残していたかもしれない。相手に文句を言えるようになったのはたぶん二十二歳か二十三歳くらいからのことで、それまでに五回くらいは尻や太ももや股間を触られていた。私は女装をしている際、街でもバーでも結局自分は孤独だから気を張ってなければいけないと考えていたが、ある程度の齢になると、ここに集っている常連は少なくとも自分の味方であり、理不尽な暴力がふるわれたら一緒になって追い払ってくれるということが理解できていた。一度、太ももをさすってきた男の手首をねじり上げて店から追い出した時にはとても爽快な気分になったことを覚えている。意味もなく触れられ、誰かに笑いながら暴言をあびせられれば、私たちは損なわれてしまう。それがどの程度のものなのか、他人から傷の深さを見極めることはできない。

気持ち悪いとかもあったけど、そういうんじゃなくて、とささやくような声でユヅキは言った。俺、普通の人たちに見えたから、変な態度とってタカシさんや店の人に迷惑かけたくないし自然に話してればいいと思ったんだけど、やなこと言われたりあんなことされたりして。なんか、そういうのがもっと先に分かんなかったってことが悔しいし、タカシさんが言ってくれなかったらたぶんだんまりしてるだけでなんも言えなかっただろうし、自分がなんも見えてないのがすげーむかつく。

サスケが折りたたんで差し出したティッシュはすでにだいぶ濡れてしまっていた。あたらしく渡したティッシュでユヅキは涙をぬぐい、大きな音を立てて鼻をかんだ。あんな連中のことは気にしなくていいよと私は言った。ああいうやつらは女装してるとかしてないとか関係なく、どんな相手に対しても横柄な態度をとって生きてるんだ、そうやって自分が上に立った気分になって自尊心を満たすしょうもないやつらなんだ、そんなもんのためにユヅキが悩んだりへこんだりする必要なんかないんだよ。

それがささやかなぐさめにしかならないことくらい、分かっている。尻や太ももを触られた時のあの不快な感じは、他人がどんな言葉を投げかけたところですぐに消えてくれるようなものではない。それでも私は沈黙しているわけにはいかなかった。ユヅキに、あるいは過去の自分に向けて、ろくでもない男たちのために自分が損なわれたように感じることなんかないのだと、告げてやらねばならなかった。なんか歌おうよ、とモスグリーンが言った。二人は私たちのすぐ横へ席を移してくれていた。モスグリーンと黒ゴシックは、おそらくユヅキでも聞いたことがあるだろう往年のヒット曲を入れ、場の空気をやわらかくしようと努めてくれた。ユヅキにリモコンを差し出すと、彼女は沈んだ顔のまま曲を検索し、入力した。去年初めて紅白に出場した女性シンガーの代表曲だ。曲のイントロが流れ出すと、ユヅキの目はしっかりと斜め上にある歌詞表示画面へと向けられていた。彼女は高らかに、サビの高音を出すだけでもむずかしいはずの曲を美しく歌い切った。サスケも店子もモスグリーンも黒ゴシックも私も、彼女の声に聴き惚れ、途切れることなく手拍子を入れ続けた。

やっぱユヅくんの声はきれいだねえとモスグリーンが言った。

その場をとりつくろうためのお世辞などではない。私はもう幾度となくユヅキの歌を聴いているが、毎回その声には称賛の拍手をおくりたくなってしまう。男が歌ってるとは思えない、なめらかで心地よい高音。私には一度として備わっていたことのないものだ。どうもどうもと言ってユヅキは照れくさそうな様子で、小刻みに何度も頭を下げる。先ほどまでの暗い表情は見当たらない。この空気を、私はかつて愛していた。女装している人間たちが一ヶ所に集まり、酒をかっくらったり歌をうたったりしながらなごやかに交流を深め、余計な衝突をせず華やかに過ごすような時間だ。この先も、ユヅキにそのような時を重ねていってほしいと思う。不愉快な目に遭うことで女装を止めたりせず、三十歳や四十歳になっても当然のようにドレスやスカートを着こなすような生き方をしてほしかった。私にはもう叶えられない未来だ。

順にカラオケを歌っていくような時間が続いた。久しぶりにサスケとデュエットをした。八年ぶりのことだが、お互いに相手の癖をしっかりと覚えており、心強い相方がいるかのように楽しく歌い切ることができた。スマートフォンが振動した。妻から、帰り遅くなるなら寝ちゃっていいかい、というメッセージが届いていた。それに対して、オーケーです悪いね、と返したところで十一時十五分になっていることに気付き、ユヅキにも声をかけて会計を済ませることにした。モスグリーンと黒ゴシックにもあいさつをして店を出る。ユヅキも私も終電までは少し余裕があった。おっとりとした足取りで駅に向かっていく。心なしかユヅキは疲れているように見えた。先ほど見せたような憂鬱な面持ちではなかったが、初めて出会った不愉快な客との交流は、人を相当に疲弊させるものだ。

眠いか、と私は訊いた。

そんなことないけど。でも今日は、ちょっと疲れたかもしんない。

まあ、そうだよな。

手で触れるという行為はもちろん論外として、他にも例の男性客たちはこちらが不快になる台詞をいくつも口にしていた。それを聞いていれば、精神も摩耗する。私は、自分がユヅキと女装について深く語り合ったことがないと気付いた。服や化粧やバーの知り合いたちの話はよくするものの、どういった理由で彼女が女装をしているのかについて私は何も知らない。ただ、いまさら知る必要があるとも思えなかった。女の服を着たいと思う理由など、そう簡単に言葉へ落とし込めるものではないのだから。けれど、ひょっとするとユヅキの内面について私が知っておいた方が、理不尽な悪意が彼女を襲うような場合、より助けになれるのではないかという思いが湧いた。

ユヅキ、最初に女装したきっかけとかあるの、と私はたずねた。

めっちゃ唐突だね。

話したくないなら別にいいんだけど。

かわいい服が着たかっただけだよ。ほんとにそれ以上はなんもない。

女になりたいとか、そういうのは。

思ったことないよ。タカシさん、昔はそういう気持ちあったの？

いや、おれもない。ユヅキと一緒だよ。ワンピースとかドレスとかスカートとか、そういうのを着たいって思ってただけ。始めた時から止める時までずっと一緒。あとはあれか、ハイヒール履いてみたいってのもあったな。なんかハイヒールって最近嫌われてるっぽいけどさ、かっこいいよな。転んだら危ないし毎日履いてたらストレスになるだろうけど、デザインがすごくいいと思うんだ。どっかこう、凜々しい感じっていうか。ぺたんこの靴じゃ出せない魅力があるよ。自分で履きたいとはもう思わないけど、人がハイヒールでかつかつ音を立てて歩いてるのを見るのは好きだね。

ハイヒールフェチ？

どうだろう。そうかも。

バーにいた男たちは、初めからユヅキが女性になりたがっていると決めつけてしゃべっているように見えた。きっと彼らにはいつまで経っても分からないだろう。おそらくはかっての私と同じように、ユヅキも今の身体のままで女の格好をしてみたいと考えている。ペニスをとったり乳房をつけたりしたいという欲望はそこに混じっていない。この齢までいくつかのバーに出入りを繰り返す中で、さまざまな人間に出会ってきた。一度女装を試してみたいという理由で店を訪れた人もいれば、服を着るだけではなく肉体を女性のものに変えたいと考えている人もいた。女装した自分にしか欲情できないという話をこっそりしてくれた人もいる。女装という言葉で人をくくることなどできはしない。ひとつの単語の中に、いくつもの欲望のかたちが詰め込まれている。

変なこと言っていい、とユヅキが足を止めてささやいた。

いいよ。

俺、ちょっと前から女装する時、ブラジャーと女物の下着つけてるんだ。

あ、そうなの。

引いてない？

ぜんぜん。

いささかおどろいたが、何も奇妙に思うような話ではなかった。ユヅキが何を考えているのか、手にとるように分かる気がした。女装する際にブラやショーツを身に着けることで、いま自分が女の格好をしているのだという実感は一層強いものになる。私の家のクローゼットにはいまも、昔着けていたさまざまな色のブラジャーや、尻を丸出しにするようなかたちのショーツがしまわれている。

サスケいるじゃん。

うん。

オープンでいいって本人が言ってるから話すけど、サスケは女になる手術受けてるんだよ。

ぜんぜん知らなかった。数秒間を置いてからユヅキはそう言った。どういった反応をすればよいか分からず戸惑っているように見えた。

おれと最初に知り合った頃から、女になりたいって話はしてたんだ。そんで二年くらい経ったころかな、日本で手術するより信用できるって話で、タイの病院に行ったの。ちんことってホルモン注射で胸がふくらむようにして、場合によっては体調崩したり精神的にまいっちゃうこともあるみたいなんだけど、サスケはあんまそういうのもなくてさ、順調に女の身体になじんでった。親ともめたって話は聞いたけど、少なくともおれや他の客と話してる時のサスケは、手術を受けた後の方が明るく見えた。

すごいね。

ん。

ちんことるってさ、多分めちゃくちゃ怖いよね。

サスケもタイに行く前、そう言ってたよ。手術しちゃったら取り返しつかないし、リスクもたくさんあるから。でもそれが分かってても、あいつは身体変えたかったんだ。

ユヅキにとってはむずかしい話だったかもしれない。いや、私にとっても同じことだ。サスケの気持ちのすべてを理解できているなんてことはないし、まったく的外れの話をしているのかもしれない。誰かの性について分かることなど、ほんとうにとても狭い範囲だけなのだから。

高校や大学に通っている時間は苦痛で仕方なかった。女装して学校へ通う勇気は持てず、自分の着たい服を着るためには夜に出歩くか休日を待つかしかなかった。大学を卒業するくらいの齢になっても、私は脱毛のことを考え続けていた。体毛の一本一本が、中学の頃からずっと、細く黒く蠢く気味の悪いうじむしのように見えていた。黒いうじむしは毛穴という毛穴から顔を出し、放っておけば自在に体長を伸ばしていった。とりわけ口周りやあごの辺りに巣食っているうじむしは二日か三日放置すればより広い範囲に広がり、女物の服が似合わない顔に変えてしまう。飲み仲間の中にはひげが生えた状態で女装するからこそ楽しいというやつもいたが、私には耐えられなかった。通信販売のあやしい脱毛器に頼るしかなかった中学時代と違い、成長した私はもっと上手く毛を処理する方法をきちんと知っていた。一度、湘南の方にある美容クリニックを予約したことがある。そこで脱毛すれば、ものすごく痛い代わりに二度と生えてこなくなるという噂をあちこちから聞いていた。当日になって、私は鏡を見た。一週間ひげを剃っていなかった顔は汚らしく、あまり直視したいものではなかった。ただ、これだけが私の顔なのだという想いが湧いた。全身の毛がなくなりつるつるとした肌を常に感じることができるようになれば、女装は一層似合うものになるだろうし、日々感じているストレスから解放されるだろうことも予想できた。それでも、あまりにさわり心地がよく質感だけならば女性とそう変わらない肌を手にしても、それは私のものではないのではないかという疑念を抱いてしまった。クリニックに、キャンセルの電話を入れた。私は女になりたいわけではなかった。単に男として生きていれば満足というわけでもなかった。私は骨格が太く妙に筋肉もついてしまい、毎日ひげやすね毛の生えてくる男の肉体をたもったまま、女の服を着て街を闊歩したいと、そのことだけを考えていた。

きっと、ユヅキも似たようなものだろう。十代や二十代の頃の私よりも彼女は明らかに美しい。無駄な肉のついてない手足もオスをまったく感じさせない顔つきも女装が似合う身長と体格も、私にはなかったしこれからもおとずれることのないものだ。その上でユヅキはなお男性だった。少しゆるめのワンピースやコートを着ていても、肩の広さは隠せない。すらりと伸びた脚はどこか骨ばっており、硬質な筋肉もついてしまっている。かわいらしく美しいことと、男に見えるということが並立している。ユヅキはそのことを分かっている。自分の肉体のかたちがどのようなものか把握したうえで、女物の衣服を着ることを楽しんでいる。ただ、それも推測にすぎない。

私はサスケのこともユヅキのことも、自分がかかえていた欲望についてすらも正しくは理解できていない。この先もずっと分からないままだろう。そう思っておくことでしか誠実さはたもてないと思った。ふわふわと、相手の深く沈んだ部分にある欲望に対して目をつぶりながら、私たちはおだやかな日常を送っていく。

一個だけ困るのがさ、とユヅキが神妙な面持ちで言った。

何さ。

パンティーはく時、俺ら、きんたまがはみ出るじゃん。あれだけはいやなんだよね。こらえきれず、吹き出してしまった。それは私が以前ずっと悩んでいた問題でもあった。一応、それにも対処法はあるんだよと答えた。私は股間のふくらみを隠すためのタックというやり方や、陰嚢をテーピングで固定する方法、それから同じ女性ものの下着でも布面積の多いギャフと呼ばれるものを選ぶことの重要性について語った。ユヅキは真剣な顔でそれを聞き、私の口調にも熱がこもった。自身が学んできたことを、二十歳近く年下の仲間に教え伝えることのよろこびを知った。

　商店街の雑踏を抜けるとすぐに駅へ着き、私たちは別れた。また来週、とユヅキが言った。また来週と私も手を振って応える。ペニスと睾丸を切り取りたいと思ったことは何度もある。風呂に入ってすねや股間やわきの毛を処理する際、不意に、このままペニスを根元から切り落としてしまいたいという欲望が噴き出るのだ。けれど私はそうしない。女性そのものになりたいと思ったことはなく、ペニスを邪魔だと思うその気持ちも一時的なものので、本当にそれが身体から離れてしまったらとてもさみしく自分ではなくなったような感じになることも分かっていたからだ。二十三か二十四か、それくらいの歳の頃から、ペニスをとろうかと考える瞬間はまったくなくなった。朝起きた際にそれが自分の意志と無関係に屹立していても、風呂場の大きな鏡で股間から垂れ下がっているのを見ても、そこにあるのが当然として受け入れられるようになった。女の服が好きなだけで女になりたいわけじゃないんだと、線を引いた。初めて女物の服を着てからそう思うまで八年が必要だった。

　当たり前のようにペニスやショーツの話をしていたユヅキには、きっとこれから自分の股間について真剣に向き合わなければいけない時間がおとずれる。ひょっとしたら彼女はやがて、自分が本当は女そのものになりたいのだと考えるようになるのかもしれないし、あるいは私と同じように肉体の一部として受け入れていくのかもしれない。無邪気に笑う彼女はまだ、ぶらさがっているものを本当の意味で忌み嫌う瞬間を知らない。ただ女の服が好きなだけと割り切って生きていけるものだと信じ込んでいる。頭をかきむしりたくなるような時間が彼女を襲った際に、私の足跡が少しでも役に立てばいい。その足跡は言葉となって、私の口から優しい響きをもって彼女に伝えられるだろう。だいじょうぶだ、おびえなくていいんだ。そうして一度、自分の肉体と心に向き合ったあとのユヅキと会話をしてみたい。きっとそれはいま私と彼女のあいだで交わされているものよりもはるかに深く重く、けれど透き通っている。私は言葉をかみくだいたり分かりやすいものを選んだりすることなく、もっと自由に彼女と話すことができるだろう。その場面を想像することは、楽しかった。育てていく。油断した彼女が底の見えない穴にうっかりすべり落ちないよう、そばで見張り続ける。

翌週、ユヅキと会うことはできなかった。以前から会社のやり方に不満を持っていた従業員が二名、同時に辞職を申し出たため、私はこれまでよりはるかに多くの仕事をこなさなくてはいけなくなった。いなくなった人間たちの抱えていた仕事を処理しながら、新規の企画を立ち上げるというのは相当につらい作業だった。社長や役員には体制が落ち着くまで新企画の始動を遅らせるという発想はないらしく、私の負担ばかりが増えていった。九時に出社して家に帰るのが二十二時になるような生活が続き、飲みに出るような余裕はなかった。息子と遊ぶ時間もまともにとれず、彼はなんで一緒にゲームをやってくれないんだと駄々をこねたが、それを上手くあやして納得させる気力もなく、代わりに妻が相手をしてくれていた。家事の手伝いどころか一緒に食事をとることもほぼできなかったため、妻に対しても申し訳ない気持ちが募っていったが、彼女は仕事がんばってるのに謝る必要はないと言って、栄養のバランスを考えた食事を毎日作り置きしておいてくれた。素敵な女性を妻にしたものだと、あらためて彼女に対する感謝の念を抱いた。

新企画はなるべく数年単位で需要が見込めるようなものにしてほしいというのが上司の要望だ。しかし、飴細工でまったく新しい企画を提案するというのは簡単なことではなかった。動物や魚や乗り物といった定番の飴細工はうちの会社でもすでに作られているし、なんの目新しさもない。私はいろいろと悩みながら、二週間のあいだに三つの企画書を提出した。ペンや消しゴムといった文房具類、コーラやお茶などのドリンク類、にんじんやピーマンや茄子といった野菜類。そのすべては却下された。野菜シリーズはウケもいいのではと反論したが、子どもは野菜が嫌いだから売れないという上司の判断に対して上手く切り返すことができなかった。アイディアが次々と没になると、だんだん頭を流れる血のめぐりが悪くなり、どんな商品ならば人気が出るのかまったくイメージができなくなってくる。帰るのがおっくうになって私は会社に泊まっていた。ユヅキからはまだ仕事忙しいのかと急かすようなメッセージが来ていたが、文面を考えるのがどうしても面倒で、ごめん忙しくてしばらく無理、という雑な返信だけをした。妻には一言、今日は朝まで会社に残るよと電話を入れた。根詰めすぎないようにね、あと少しでも仮眠はとりなさい、という労いの言葉がありがたかった。

深夜の作業場で私は飴をこねくり回していた。手を動かしていれば何かよい案も浮かぶかと思ったが、イメージがまとまらないまま時間だけが過ぎていった。三時を回ったところで同じフロアにあるシャワー室で汗を流してソファーで仮眠をとろうかと考えた。妻の言う通り、満足に睡眠もとらないような状況を続ければ先に身体の方を壊してしまう。不意にユヅキのことを思った。彼女は私をいたわるそぶりをこれっぽっちも見せず、ひたすらに遊ぼう飲もうと言ってくるだけでそのことに私は多少いらついていたのだが、そもそも彼女には仕事で追い込まれるという状況自体が想像できないのかもしれなかった。決められた時間の中で指示されたことをこなせばいいアルバイトとは違う。いまの会社では社員が自主的に判断して動くことが求められるし、事務仕事をきっちりやった上で、創造性が必要となる飴細工づくりもこなさなければならない。それなりに過酷な環境だ。ただ、そのことをユヅキに説明するのは、どこかみっともないような気がしてためらわれた。なるべく彼女の前では、背後にある苦労など感じさせずにいたいという思いがあった。仕事のしんどさを語って彼女が私に対して遠慮をするようになるという状況はまったく好ましいものではない。

そんなことを考えながら、白とピンクの飴をこねて、洋服のかたちに整えてみた。飴で洋服を作ったのは初めてだ。ユヅキがそれを着ている様子を想像する。このままではだめだ。幼稚園児の衣装にしか見えない。私は水色の飴を手に取って、より丈の長いワンピースをイメージして指先を動かした。服のしわのひとつひとつも丁寧に作っていく。水色だけではどこかもの足りない。紫の飴を混ぜて、さらにラメを散らしてみた。少し顔から離して、ワンピース全体を見てみる。悪くないと思った。水色の生地は、きっとユヅキの顔と肌に映えるだろう。私はさまざまな種類の服や靴やバッグや帽子を作り続けた。久しぶりに飴をいじることの楽しさを思い出す。指や手にべとべとと張り付く感触すら心地いい。ユヅキに似合う服はいくらでもイメージできた。露骨な少女趣味のものから、ボーイッシュでラフなものまで、手を止めることなく作り続け、三時間後に疲労が限界に達しふらふらとした足で別室にあるソファーに移動して眠った。

起きた時にはすでに午後二時を回っていて、冷たい汗が背中を伝った。午前中に予定されていた会議を、私は無断で欠席してしまっている。顔も洗わずに急いで自分の部署へ向かった。ドアを開けると普段と同じように同僚が仕事をしている。奥にはもちろん直属の上司もいて、せわしなく指を動かしながらパソコンで資料を作っている。私は彼のもとへ駆け寄り、おそらくは強張った表情で、申し訳ありませんでしたと大きな声で叫び頭を下げた。ああ別にいいよと彼は返した。最近おまえロクに眠れてないだろう、出社してソファーに転がってるのを見た時は仕事をふりすぎたかなって反省したよ、会議を欠席したことも気にしなくていい、僕の方で事情を説明しておいた、新しい企画に関してもあと一週間くらいかけてゆっくり仕上げてくれればだいじょうぶだ。どうやら思っていたよりも、上司は私の体調や仕事量について気にかけてくれていたらしい。

さまざまな服を飴細工で作っていくという案は、ドレスアップシリーズとして採用された。まだ技術的に未熟な社員に服のしわを飴で表現する方法を教え、服のラインナップを何十種類も考えてカタログ化しつつ自分でも作品をつくっていくという日々はせわしないものだったが、充実していた。頭の中にはユヅキの姿があった。私が作った濃緑色のコートに青のマフラーを巻いてくるくると回る彼女の姿はきれいで、作業への情熱がひくことはなかった。しばらくそのような日々が続いた後、上司の方から土日を含めて五日間の休暇が与えられた。気を遣ってもらわなくても大丈夫ですよと返したかったが、実際のところ、日中にうとうとすることも増えていたし、何より椅子にすわりっ放しで腰がじりじりと痛んでいることがしんどくもあった。ユヅキとも二ヶ月近く会っていない。摂取したアルコールも、三日に一回程度、自宅にいる際に缶ビールを一本か二本飲んでいたくらいだ。ユヅキにメッセージを飛ばして遊ぶ日を決めようかと考えていたところに、バケ子から連絡が入った。

ぶうぶうと音を立てるスマートフォンの画面に表示された名前を見て、懐かしさがこみ上げた。私が女装を止め、バーに通わなくなったあともしばらくバケ子との関係は続いていた。彼女は私が女装しなくなった理由を知っているので、何かを強要してくるようなことはなく、適当な居酒屋やパブで気楽に飲める友人として接することができた。少なからず後ろめたさがあった。服の選び方もメイクのやり方も女性らしく見せるための技術も、すべて教えてくれたのはバケ子だ。女装を完全に止めて、量販店で買った男物の服を着て日々を過ごすというのは、彼女との思い出に対する裏切りのように思えたのだ。バケ子は暗い顔をして酒を飲む私の背中をぱんぱんと叩きながら、変なこと気にすんじゃねえよと言ってくれた。彼女の手のひらから肩甲骨に伝わる振動が、だんだんと気持ちを落ち着かせていった。

バケ子と連絡をとらなくなったことに、何か明確な理由やきっかけがあったわけではない。ただ単に、結婚し子どもが生まれたことで生活のリズムが大きく変わり、外に出て酒を飲む時間をとるのがむずかしい時期が続いたため、自然とこちらからの連絡は減っていった。バケ子の方もフリーのデザイナーとして仕事が上手く回り始めたタイミングで、書籍の装丁や企業のロゴ作成の仕事が数多く舞い込み、あわただしい日々を過ごしていた。どちらからともなく、メッセージを送りあう回数は少なくなった。最後に彼女と会ってから、すでに四年近くが経っている。とりわけ長い間ができてしまったというような感覚はなかった。高校生や大学生の頃とは違う。仲がよく信頼している友人であろうと、年単位で会わなくなってしまうことなど何もめずらしくない。いまの私はそのような感覚の中で生きている。

明後日バケ子と飲んでくるよ、と遅い晩飯をとっている最中、妻に伝えた。彼女は結婚式の二次会でバケ子と面識があり、その後も一度三人で食事をしたことがある。かっこいい人だね、というのが妻のバケ子に対する印象だった。夫が自分以外の女性と二人きりで食事をしたり酒を飲むことに対して、彼女はまったく不満を抱いていない。妻の方にも十年以上つきあいの続いている男性の友人がいるものの、彼と妻が出かけることについて私も文句を言ったりはしない。妻の内面までは分からないが、少なくとも私の方はその男性に対するかすかな嫉妬心を覚えたこともある。けれどそんな感情はくだらないものだ。自分のささいなやきもちのために、信頼している人間との関係を絶たせようとするのはとてもみにくい行いに思えた。私たちはいま現在夫婦であり、相手を信頼しながらともに暮らしているが、結婚生活が人生のすべてなどということは決してあり得ない。私にも妻にも、結婚する前に積み重ねてきた個々の時間と歴史があり、それは安易にふみにじってはいけないものだ。私たちはお互いの過去を尊重し、相手の抱えているつながりを大切にしたいと考えている。その点において、私と妻は結婚前に何度か話し合い、それぞれが納得するかたちで生活している。

一緒に行くかい、と私は妻にたずねた。

んー、遠慮しとく。バケ子さんには会いたいけど、あなたも四年ぶりなんでしょ。だったら二人きりの方が楽しいよ。あたしがいたら話しにくいことだってたくさんあるはずだし。微妙なお邪魔虫ポジションとか嫌だもん。

邪魔なんてことはないけど。

でも、二人の方が自然に話せるでしょ。

まあ。

じゃあ、気にしないで楽しんどいで。あたしは息子と一緒に高い寿司でも頼んで羽伸ばしてるから。

本当にできたパートナーだ。私とバケ子のあいだを流れる空気は高校時代から長い時間をかけて熟成してきたもので、妻がいても楽しく過ごせるだろうが、やはり二人で飲む時の気楽な調子は損なわれてしまう。いっそ女装のことも打ち明けてしまおうかと思ったが、逡巡した後、やはりそれは違うと思い直した。妻は多くのことに寛容な人間であり、私の女装について知ってもおそらく奇異の目を向けてきたり、私を不気味なものとして扱うようなことはないはずだ。それでも私は、妻と出会う前の自分を現在から切り離しておきたかった。高校生から二十六歳までまとっていたやわらかくきれいな服の数々は私にとって鮮やかな思い出だが、同時にどうしようもなく不快な記憶とも結びついたものだ。現在の生活に、余計なものを持ちこむことは避けたかった。いろいろと質問をされれば、私は機嫌の悪さを隠せなくなってしまうだろうから。

バケ子とは二日後にスペイン料理屋で待ち合わせることになった。彼女は昔から赤ワインが好きで、内臓の造りがこちらとは別物なのではないかと思わせるほどの勢いで何本ものボトルを空にした。服装についてはあまり悩まないようにしようと決めていた。バケ子に会うとなると、どうしても色の組み合わせや小物の使い方について意識してしまう。だが結局のところ、いまの私はどの洋服を着たところでかつてのような充実感を得ることはできないし、だったら肩肘を張らず単に楽な服装で出かければいいだろうと考えた。赤いラインの混じった黒のニット、青のジーンズ、真冬でも寒さを感じさせないネイビーのロングコート、とりたてて特徴もない黒のスニーカー。どれもこの数年で買った男物の服だ。髪には少しだけワックスをつけた。ファンデーションも何も塗っていない状態でまじまじと自分の顔を見ると、以前よりもひげの剃り跡がずいぶんと濃くなっていることに気が付いた。

テーブル席の手前側にすわって五分ほど待っていると、お待たせという声とともにバケ子がやってきた。彼女の顔はきっちりと手入れされていた。自然な曲線を描いた眉も、けばけばしくならない程度に塗られたマスカラも、鼻の先端やほほの角張った部分についているハイライトも、べたついたりてかったりしない程度につけられたグロスも、彼女の魅力を高めていた。もともと圧倒的な美人というわけではない。けれど私は丁寧な仕事がほどこされた彼女の顔に見惚れてしまった。かつては私も、彼女ほどではないにしろそれなりの腕前で自分に化粧をし、堂々と街を歩くことができた。四年前にはだいぶ明るかったバケ子の髪はすっかり黒く染められており、つやを保ちながら彼女の胸のあたりにまで垂れていた。妙な老け方をしていたら反応に困るなと考えていたのは完全な杞憂で、むしろ彼女は化粧と髪のバランスを整えることで以前よりも若返っているように映った。時間の重みが、私の方にだけ重く強くのしかかっているように感じられた。

あんまり久しぶりって気はしないな、とバケ子が言った。

そうだね、四年会ってないって気付いた時は長いなって思ったけど、顔見たらついこないだ話したばっかりって気分だよ。

なんかへこむわ、歳とったからこういう感覚になるんだろうなあ。

まあ、そうだろうけど。

メニューを見て飲み物を選んだ。再会を祝う意味で最初はスパークリングワインにしようとバケ子が言い、私もそれにしたがった。運ばれてきた細く割れやすそうなグラスをそれぞれ手にして、乾杯と口にした。羊や馬の串焼きとバーニャカウダ、それからつぶ貝のアヒージョを注文した。足りなければ後から頼めばいい。私もバケ子も、一度にまとめて注文するのがあまり好きではない。スパークリングワインは適度な苦みがあって、お通しの生ハムによく合った。

なかなかいい店知ってんじゃん、とバケ子が弾んだ声を出した。

一昨年くらいに、奥さんが行ってみたいって言ってさ、それからちょくちょく使ってるんだ。たまにひとりでふらっと飲みに来たりもする。

あんた、昔っから友だちいないもんなあ。

うるさいな、おまえだって似たようなもんだろ。高校の時からずっとそうじゃん。

まあ、否定はできないね。話しててつまんないやつと飲むよりは、ひとりでどっかの店に入る方があたしも好きだし。

バケ子は何も考えず口にしたのだろうが、その台詞は私と話すことをそれなりには楽しんでいるということを意味しているようで、少しむずがゆく、嬉しかった。高校の時からそうだ。そもそも私服で通学している時点で浮いていたことに加え、バケ子は人の好き嫌いが激しく感情の表し方もいまよりずっと極端で、クラスメートと普通に話していたかと思えば相手の何気ない一言にいらだち怒声を上げ、周囲から敬遠される様を何度も見てきた。本人に伝えたことはないが、次々と彼女が周りの人間と喧嘩していく中で、自分だけが彼女と自然に会話し柔和な笑顔を引き出せるということを私は誇らしく思っていた。初めて女物の服を着た時には抵抗感や恥ずかしさもあったが、背中丸めてないでしゃんとしろよとバケ子が言ってくれたおかげでそのような感情はすぐに薄れていき、ひと月も経つ頃には女装した姿で当たり前のように彼女と街を歩けるようになった。彼女と渋谷の路上でたこ焼きを食べている際、二人組の男にナンパされたことがある。バケ子は男たちが立ち去るまで終始不機嫌そうだったが、私はバケ子の横にいる自分が女性に見えたことをひっそりとよろこび、家に帰った後でにやにやと笑っていた。

初めて女装バーに行ったのは出会ってから二年ほど後のことだったと思う。私もバケ子も酒が好きで、互いの家や近所の公園で酒盛りを楽しんだりもしていたが、さすがに女装バーへ踏み込むにはそれなりの勇気が必要だった。その頃の私は、服を着て街を歩くだけで毎日をかがやかしいものとして感じることができた。とびきり美しいというわけではないにせよ、自分の女装に対して卑屈になるような瞬間はまるでなく、街にいる女性の服や顔を見て自分の方が上だなと悦に入ることすらあった。そうした自信も相まって、私の方から女装バーに行こうと提案した。ネットで調べてみると、女装している客以外お断りというわけではなく、一般的な服装をした女性や男性の入店も歓迎しているとのことで、すぐにバケ子も乗り気になってくれた。浅草へ向かい、ドアを開ける瞬間はさすがに緊張したが、いざ席についてみると店子たちが元気よく迎えてくれた。その時は店内に十人近い客がいて、その全員が女物の服を着て低い声で会話をしていた。自分以外に女装をしている人間が大勢いる空間というのが初めてで、急に私は自分の服や化粧が間違っていないかどうか不安になった。ちらりとバケ子の方を見た時に、彼女がまぎれもない女性なのだと意識した。私のようにさまざまな策を弄してどうにか外見をとりつくろっているのとは違い、彼女はただ普通に生きているだけで女性だった。初めて、バケ子に対してかすかな嫉妬を覚えた。もう一度店内に目をやった。全員が女物の服を軽々と着こなし、私よりはるかに技術が上の化粧をほどこした上で、その空間を楽しんでいるように見えた。不安になっているところへ、二つとなりの席にすわっていた人が、二人はこの店来るの初めてなの、と声をかけてくれた。よかったらボックス席行ってみんなで飲もうよと彼女は続けた。彼女の友人を含めた五人でボックス席に移動した。バケ子はどうやらその場にいた人たちを気に入ったようで、めずらしく仏頂面をくずして楽しげに会話へ参加していた。気後れしていたのは私だけだ。私がひとりで浮いてしまうことのないよう、彼女たちはいろいろと話題を振ってくれたが、下手なあいづちを打つくらいしかできなかった。バケ子と一緒にカラオケを歌ったりもしたが、なんの曲を入れてどのような反応があったかはまったく覚えていない。当時はいまよりもずっと酒に弱かった。グラス二杯分の水割りを飲んだだけで頭はどろどろになり強い眠気に襲われた。バケ子の方も相当に酔いが回っていて、お互い名残惜しさを感じてはいたが、会計を済ませることにした。おおよそ事前に調べておいた通りの値段で、ぼったくられるようなことはなかった。千鳥足のまま立ち上がり、同じ席にいた人たちにあいさつをして出口へ向かった。去り際に、赤いドレスをまとった人が言葉をかけてくれたことは覚えている。派手なメイクをしたその男性は、野太い声で、あんたかわいいんだからもっと堂々としなよ、また一緒に飲もうねと言った。彼女の声は、酩酊した脳に直接響きわたった。また来ますと告げて、店を出た。浅草の店に行ったのは五回ほどで、それからは田町で飲むことがほとんどになった。田町の方の客や店子と親しくなるうちに、通うペースはどんどん速くなっていった。就職して自由に使える金が増えてからは週に三回以上顔を出していた時期もある。私もバケ子もそれぞれの生活があるため、毎回一緒に行くというわけではなかったが、それでも月に二回か三回はともに足を運び、場合によっては朝まで酔いつぶれながら歌をうたい途切れることない会話を楽しんだ。

赤ワイン飲みたいんだけどあんたどう、とバケ子がたずねてくる。すでに一杯目のスパークリングワインのグラスは空になっており、テーブルには羊肉と牛のハラミとバーニャカウダが並べられている。

おれも赤ワインがいいな。おまえが連絡してくれた時から、赤ワインは絶対飲むつもりだったんだ。

人の行動パターン読んでんじゃねーよ。

一番好きな酒、赤ワインだろ。

まあな。でも最近は控えめにしてる。この歳になるとさ、マジで脂肪落ちないんだよね。ラーメン食べただけで五百グラムとか一気に増えたりするし。だからワインや日本酒控えて、カロリー低い酒飲むことがほとんどだ。ビールも飲まないし、一軒目からハイボールとかレモンサワーとかウーロンハイ頼んだりしてる。

おれとおんなじ。二十代前半くらいまでって、徹夜したらそれだけで一キロ落ちたりしてたのにな。

分かる。でもまあ、もうそういう時期は過ぎちゃったってことだ。あたしらはこれから筋トレしたり糖質制限したりしてカロリーと戦い続ける人生を送らねばいかんのよ。

せつないもんだなあ。

あんたの奥さん、太ったりはしてない？

あの人はもともと太りにくい体質なんだよ。毎日、おれの二倍くらい米食べてるんじゃないかな。平気で茶碗三杯とかいくし。それでいて全然肉つかないの、あごにも腹にも太ももにも。

いるよな、そういう人。でもいいじゃん。自分の奥さんが細かったら、わりかし嬉しいもんだろ。

どうかな、そうでもないな。

なんで。

奥さんは体型変わらないのに、おれの方は着実に肥えていくんだ。そういうのって、結構つらいもんだよ。

なるほどねー。あんた、まだしっかり乙女なんだなあ。

うるさいよ。

あたしもだいぶ太ったからさ、なんとなく気持ちは分かるぜ。会社作ったって話、したことあったっけ？

いやいや、めっちゃ初耳なんだけど。会社を作った？　なに、社長やってるってこと？

私と連絡をとっていないあいだもバケ子は精力的にデザイナーとして奮闘しており、もともとのデザインセンスに加えて納期をきっちり守る姿勢が業界内で評価された結果、とうてい受けきれないほどの仕事が彼女のもとへ舞い込むようになったらしい。そうした際に、いっそのこと何人か仲間集めて会社にしちゃった方が効率もいいのではないかと考え、雑誌や書籍やウェブといったさまざまな媒体でのデザインを請け負う会社を立ち上げたとのことだった。もう三年以上経つなあ、とバケ子は言った。

バケ子が社長って、変な感じだ。

あたしもそう思うよ。代表取締役でございます、って言うの、いまでもすっげーやだし。

あ、それで髪黒くしたのか。

くだらねーよ。結局、金髪より黒髪の方が仕事とりやすいし信用されやすいんだ。マジくだらねえ。

過去の思い出と現在の状況を織り交ぜながら私たちはほとんど沈黙をはさまずに話し続けた。内容を考えずとも自然に口が動き、相手の言葉と自分の言葉が心地よく噛み合った。

そのような感覚は長いあいだ忘れてしまっていたもので、同い年の気の知れた旧友と語らうことにどこか安心したのか、私はくいくいと赤ワインを飲み進めすぐにボトルを空けてしまった。目線をわずかに上げてバケ子の顔をうかがうとその口元はゆるんでいて、彼女も私といる時間に居心地のよさを感じているのだと、うれしくなった。二本目のボトルを頼んだところで、もう女装はしてないのかとバケ子がたずねてきた。それは一切詰問するような調子を含んでおらず、会話の流れに自然と配置された言葉だった。

あれからは一回もしてないね。

そっか、無理にやるもんじゃないだろうけど、少しさみしいねえ。

バケ子はそれ以上何も追及してこなかった。新しく頼んだ赤ワインからはほのかに土の匂いがただよい、舌にざらついた感触を残した。女装を止めた日のことを思い出す。私にはそれなりの自信があった。指の付け根に生えたうぶ毛や、雑草のごとくすねを覆う太い毛など、かみそりを使えば簡単に処理することができる。口元のひげ剃り跡はどうしても残ってしまうが、ファンデーションを上手く使えばほとんど隠してしまえる。私の肌は常につやつやと照り輝いていて、女性のそれとなんら見分けのつかないものだった。体型もすらりと細く、たるんだ腹の肉がベルトの上にのるようなことも、ストッキングをはいた足がハムや大根のように映ることもない。長めのウィッグをかぶって化粧をし、その日の気分に合わせた女物の服をまとった私は、ハイヒールを履いてかつかつと音を立てながら堂々と街を歩くことができた。バケ子には、そんな無理してハイヒール履かなくてもいいじゃん、慣れたって危ないし、不便だし、ハイヒールが女の必需品ってわけじゃないんだぜと言われたことがある。それでも私は、ハイヒールを履いて歩く瞬間に、自分が女の装いをしているのだということをいちばん強く実感していた。かかとに残る不快な痛みが、自分を普段とは違う何者かに変えているのだと思わせてくれた。大学生だった時分、私には少ないながらも気の許せる友人たちがいた。何度も家に泊まりに行ったり、朝まで居酒屋や公園で語りあかしていたことを考えれば親友と言ってもいい連中だったのかもしれない。こいつらにならいいだろうと、私は女装について打ち明けた。理解を示してくれた親友はただのひとりとしていなかった。彼らは一様に、初めのうちは顔こそ引きつらせつつもへええそうなんだと自然な調子で返事をかえすが、だんだんと私から距離を置くようになり、そのことをこちらも察して次第に連絡をとらなくなるというのが常だった。私は田町のバーの仲間たちに助けられていた。女の装いをする目的はそれぞれ異なるにせよ、視線の中にこちらを気味悪がるものがないという事実だけで心地よく酒に浸ることができた。私もバケ子も、なんとか仕事のスケジュールを調整して飲みにいく計画を練るくらいには、店の人とその空気を好んでいた。何年もそのような生活が続いた。二十六になるその歳まで、私は女装を止めようと考えたことすらなかった。華やかな装い、指触りのよいシルクや絹の服をまとうことでまぎれもなく私の生は豊かなものになっていた。店には五十代や六十代、場合によっては八十を超えている客もいた。彼らの肉体はもちろん老いさらばえていたが、話し方や笑顔には活力が満ちており、いくつになっても女装を続けていくことは可能なのだと、自分にとっての未来を提示してくれていた。誕生日まで残り一ヶ月ほどの時期にバーへ行くと見知らぬ男四人がボックス席に居座っていた。彼らは女装をしておらず、ラフなパーカーやくたびれたスーツを身に着けて、にやついた表情で酒をあおっていた。不愉快な団体客というのは一目で分かるものだ。彼らは周囲に配慮することなく大声でくだらない話を続け、ゲームで負けた人間にテキーラを飲ませることで盛り上がっていた。その日ひとりだった私はカウンターにすわってサスケと話し、できるだけ彼らの声が耳に入ってこないよう、意識を遠ざけようとした。一時間ばかり経って、彼らの酔いは一層回り始めた。四人のうちのひとりが顔を赤くしてカウンターへ寄ってきて、私の二つとなりにすわっていた常連客にからみ始めた。なああんた女装してるんでしょ、その胸も偽物ならちょっと触らせてよ、うわ声はやっぱ男なんだ笑える、ねえねえあっちの席で俺らと一緒に飲もうぜ。そこにはまぎれもない、女装をしている人間に対する無意味な好奇心と明確な侮蔑だけがあった。私は常連客と何度も会話したことがあった。その日の装いこそ赤のドレスを着た派手なもので化粧も濃いめに仕上げていたが、あまり社交的なタイプではなくいつも小さな声でお互いの趣味や近況について語り合ってきた。えー、だったら僕がそっちの席に行きますよー、ダメですかあ、と私は言った。寄ってきた男は一瞬おどろきの表情を浮かべた後、まあ横についてくれるなら誰でもいいよおと言い放った。立ち上がってボックス席に移動する際、常連客は小さくごめんねとつぶやいた。

席についてすぐスマートフォンが振動した。あんまりひどいようだったらちゃんと追い出すからね、という店長からのメッセージが添えられていた。それでひとまず私は安心し、男たちと一緒に乾杯をして酒を飲み始めた。彼らの飲み方は、私が想像していた以上にきたないものだった。常に大声で中身のない会話を続け、それが止まると今度は私の外見についてのいじりが始まった。なんで女装してるの、下着も女物なのというくだらない質問が続き、何度かこちらのウィッグを外そうとしたりスカートをめくって中をのぞこうとしたりしてきた。どうやら彼らは、女装している男に対してはいくらでも性的な言動をとっていいと考えているようだった。ぶすなとこが面白いよねとひとりがいった。自分に向けられた言葉であると理解するまでに時間がかかった。私は作り笑いすら浮かべられなかったが、酔いの回っている彼らはこちらの表情などおかまいなしにぶすについての話題を続け、やがてコールが始まった。それぶーす、ぶーす、ぶーす、というコールが手拍子とともに行われ、私は何度もテキーラやシャンパンを飲まされた。そのあたりからは酩酊しておりだいぶ記憶が飛んでいる。ただその状況に激高したサスケが介入し、大声で何かをわめいた結果、男たちが会計を済ませて店を出ていったことだけは覚えている。サスケは私をカウンターにすわらせ、あんなの気にすることないからと励まし、ハーパーのロックと氷抜きの水をサービスで提供してくれた。完全に酔いが回り、次に気が付いた時、私は自宅のベッドで眠っていた。電車に乗ったのかタクシーで帰ったのかも分からない。

コールはいつまでも耳の奥に残り反響を繰り返していた。ぶす、ぶす、ぶす。女装をしてきた中でそれほど直球の言葉を幾度も浴びせられるのは初めての経験だった。仲間内の冗談でぶすという言葉が出ることはあったが、無関係の他人から悪意を込めて連呼されることはまったく別の意味を持った。気だるさで身体がろくに動かず朝食用に焼いたたまごの匂いだけで吐き気をもよおしトイレに駆け込んだ。会社に電話をして、高熱が出て下がらないという嘘をつき、休んだ。男たちの言葉がまとわりついていた。にぶく重い身体を、指先から順番にゆっくりと動かし、ベッドからはい出した。歯を磨いてシャワーを浴び、普段よりも丁寧に身体をごしごしと洗った。あがるまえに、風呂場の大きな鏡で顔と肉体を見た。私の外見は美しいものではなかった。男たちからの侮蔑を受けたことで、前々から分かっていた事実をはっきりと意識してしまった。その頃には、以前のように他の客や店子からきれいとかかわいいと言われることはなくなっていた。高校生の時分にバーで昭和のアイドル曲を歌った時は店内の客がひとつのおおきな生き物になったかのように手拍子を入れ笑顔を見せてくれたのに。鏡に映る私の肉体は乳首のまわりに余計な脂肪がつき腹がぶよぶよと垂れ、足は運動不足の豚のように太く、あごのたるんだ顔のあちこちにはしみとそばかすが並びほうれい線もくっきりと目立っていた。男たちの声はきっかけに過ぎなかった。私は自分がとうに女装する資格を持っていないことを知った。ぶすと呼ばれることをウリにして周囲の人気を集める人も少なからず存在する。私は、そのような選択をすることができなかった。女装をすることと自分を美しいと思うこととはいつだって結びついていたのだ。たとえそれが滑稽なレベルのものだったとしても。鏡に映っている私の顔と身体からはまったく活気が感じられず、バーで出会ってきた五十代や六十代や八十代の人たちよりもずっとみすぼらしく見えた。何かが折れたのだろう。

女装をやめたことをバケ子に話すまでは一年ほどの時間を要した。彼女に話してしまえば後戻りができなくなってしまうようで、容易に告白することはむずかしかった。もう女装はしないいんだという私の宣言を聞いたバケ子は、あーとかんーとか言葉にならない言葉を発しながら長い時間口に手を当てて考え込み、あんたがそう決めたんなら仕方ないねえと、笑った。昼にランチを食べることもあったし、夜も普通に食事をして別れることはあった。それでも私とバケ子を結ぶ最も太い糸が女装バーであったことに疑いはなく、私と彼女が会う回数は次第に減っていき、やがてどちらからともなく疎遠になった。初めて女装をした時からずっと近くにいてくれた彼女を裏切ってしまったという感触を拭い去れなかった。

いま私の横でバケ子が前と変わらない調子で酒を飲み、さまざまな話につきあってくれているのが、予想していたよりもはるかに嬉しいことなのだと気付く。私の見栄も弱さも華やいでいた時期も、すべて彼女は知っている。彼女は大事に思っている妻や他の友人がいても満たされない部分にそっと入り込んでくる。それが、とても貴重なことなのだと今更のように思い知った。彼女と飲む時間はまぎれもなく有意義なものだった。それは単に過去の郷愁に浸るというだけではなく、この先も続いていく日常やささやかな未来について流れの中で語り合える空間だった。あたしはずっと結婚しないだろうなあ、とバケ子は言った。朝起きた時に他の誰かが毎日横で寝てるってのが息苦しくてたまらないんだ、たまに酒を飲んで、喫茶店で本の話をして、気が向いたらしょぼくれた温泉に旅行に行くような、そういう距離感があたしは好きなんだよと彼女は言った。それはとてもバケ子らしい感性で、私は私で妻を選び息子と遊ぶ生活を居心地よく感じているものの、まったく別の方向で彼女の選択に正しさを見ていた。私たちはスペイン料理屋を出て駅前のカラオケに入った。二時間かそこら、最近の流行歌もまじえながら歌い倒した。帰りの記憶はまったくないが、翌日目覚めた時に、充実した夜を過ごしたのだというたしかな感触があった。スマートフォンにはバケ子から一言、やっぱりあんたと遊ぶのは楽しい、また近いうちに、というメッセージが残されていた。

仕事に忙殺される日々は続いた。上司の気遣いもあってだいぶ仕事は楽になったが、それでも帰宅する時間は二十一時や二十二時になることが常だった。妻はもともと深夜までドラマや映画を観ていることも多い人だったので、私が遅くに帰宅しても大抵は起きていて、胃に優しい夜食を作ってくれた。私と彼女は同じ家に住んでいる。一緒に息子の面倒を見て家の雑事をこなし、クレジットカードの支払いや税金の額を確認しながらこの先の暮らしについて計画を立てている。そのような生き方を私たちは選択した。ユヅキに会いたいという思いは日増しに強くなっていった。家に帰りさえすればそこにいてくれる妻とは違う。私が上手い具合に時間を作らなければユヅキはどんどんと遠ざかってしまう。肌のはりも水気の多い髪も顔面のパーツも、会う人すべてが注視してしまう外見をユヅキは持っていた。彼女を見出したことが誇らしい。これまで多くの店に通い多彩な人間を目にする中で、人の美しさを見極める力が備わったと思っている。それは外見に限った話ではなく、会話におけるリズムと気遣い、テーブルについていた汚れをおしぼりで拭く時のささやかな動作、その場にいるだけで周囲を活気づけてしまうような内面のまぶしさまでも含んでのことだ。そうした意味でユヅキはまだできあがってはいない。十六歳の彼女がすべてにおいて完璧なものを備えているはずもない。だが彼女はこの先、一層磨かれていくだろう。より洗練された会話を繰り広げ、集まってくる人間たちをほがらかにする力を身に付けていくだろう。私が、一番近くでその変化を見ていられるのだ。

飴細工をこねて新作を作っている日中に、ユヅキからメッセージが届いた。まだ仕事は忙しいのか、今夜少し飲んだりすることはできないかという内容がつづられていた。ドレスアップシリーズの作業は順調に進んでおり、徹夜しなければ現場を回せないというような状況ではなくなっている。ここ最近帰宅が遅くなっているのは、単に私が商品のクオリティにこだわり、上司や同僚に品質を認めてもらっているにもかかわらず細部の調整を行い続けているせいだ。この企画が始まってからずっと、飴細工で編まれた服のイメージはユヅキとともにあった。彼女に着せるのだと考えると、脳や指の疲れも忘れ深夜まで作業に没頭してしまう。ただ、精神的な負荷は意識しないうちにこちらを蝕んでくるものだ。何より、私はユヅキと夜の街ではしゃぎたかった。会社の中で飴をこねながら想像している彼女の姿が、実際のものとずれていないのかを確認しておきたかった。

《夜七時には仕事終わらせる。その後でもいい？》
《だいじょうぶ》
《じゃあ七時半くらいに田町の駅で待ち合わせとかにしようか。》
《あ、今日は別のとこ行かない？》
《別のとこ？》
《新宿の店》
ユヅキは新宿二丁目にある、それなりに有名なバーの名前を出した。
《あー、だいぶ昔一回行ったことあるけど。まだあったんだ。いいよ、そっちで。七時半に店で待ち合わせようか。》
《オッケー。友だちも連れてっていい？》
友だち？
《別にいいけど。》
《それじゃ、あとで》
相変わらず私は、ユヅキの私的な生活についてほとんど知らないままだ。彼女は多くの時間を普通の男の格好で過ごし、おそらくは家族や友人と関わり合いを持ちながら暮らしている。家族構成については両親が健在で弟がひとりいるという話を聞いたことはあるが、その他の時間にどのような人たちが混じりこんでいるかについて、私はなんの情報も持っていない。

友だち？

アルバイト先には気の合う同僚もいるだろう。何も不思議なことではなかった。それでも私が知っているユヅキが女装をしているユヅキだけだということに気付き、のどの奥にかすかなつかえのようなものを感じた。バーに連れてくるということはひょっとしたら女装を好む少年なのかもしれないし、物珍しさを求めて遊びに来る一般的な若者なのかもしれない。詳細をユヅキにたずねようかと迷ったが、やめた。友だちがどのような人物なのか事前に探りを入れる行為がみみっちく思えた。

久しぶりに乗った山手線は相変わらず人がぎゅうぎゅうに詰まっていて、いろいろな音やにおいがあちこちから漏れ出てくるせいで、新宿までが異様に遠く感じられた。二十二の頃までは女装バーに限らずいろいろな飲み屋にバケ子とともに繰り出し、浴びるように酒を飲んだ。だんだんと二日酔いが重くなっていく。就職してからは酒を飲む量を少しばかり控え、それに合わせるようにして遊びに行く店も田町の周辺にしぼるようになった。最近はよほど特別な用事がなければ新宿まで足を運ぶことはない。東口を出て歩道を埋め尽くすような人混みに出くわすと、懐かしさよりもその密集度にうんざりする気持ちが勝った。人と人のあいだを縫うように進み、新宿二丁目の方を目指す。デスクワークに慣れ切った身体には、ほんの十分程度の距離を歩くこともしんどかった。二丁目の仲通りにはゲイバーやビアンバーが並んでいる。観光客向けにオープンな雰囲気を出している店もあれば、少ない常連のためにひっそりと裏道で営業している店もある。私はこの街があまり好きではなかった。ただ女物の服を着たいとだけ考えている私には、ゲイバーもビアンバーもなじまず、店員とにこやかにしゃべっていてもどこか自分が孤独だという思いにとらわれてしまう。大きな輪から外れた後で、さらに小さな輪の中でさえも浮いてしまうような感覚をずっと居心地悪く思っていた。新宿の女装バーは決して悪い店ではないのだが、街そのものに対する苦手意識から足は遠のいてしまった。

スマートフォンで位置を確認しながら裏路地に入り、ユヅキと待ち合わせている店の前に立った。ずっと昔に来た時と変わっていないように思えたが、記憶がとうにあいまいになってしまっているため判断できない。初めての店へ入るような緊張感とともに、扉を開けた。田町のバーよりもいささか大きなＢＧＭがかけられている。店内の広さは同じくらいだが、照明はだいぶ明るく、女装バーとしてはいささかわずらわしい光量に感じられた。客の雰囲気はあちらとそう変わらない。肩幅の広い男たちが、ピンクや水色のドレスやニットに身をつつみ、太い声で会話しながらグラスを手にしている。細身の体型をしているユヅキの姿はその中でやたらと目立っていた。彼女はこちらに気が付くと、おつかれーと声を上げ、自分の隣に私を誘導した。ユヅキの横には、これまた細身の子がすわっている。年の頃はユヅキと同じ程度だろうか。ファンデーションを必要としない、水分に満ちたほほが照明に照らされてなまめかしく光っている。初めまして、と彼女は言った。ソプラノじみたとても高い声で。胸のあたりまで伸びた長めの黒髪、気負いを感じさせない赤のニットとグレーのスカート、ストッキングははいているものの靴はヒールではなくぺたんこだった。明らかに周りの客とは様子が違う。装いとしてではない、本物の女なのだとすぐに分かった。あやせと言います、と少女は名乗った。

ユヅキは普段よりも浮かれた様子で、ウイスキーの水割りを飲みながら、この子が連れてくって言った友だち、いいやつだよ、こっちタカシさんね、目つき怖いけどいい人だから警戒しないで平気だよ、と言った。それを聞いてあやせはくすりと笑う。

友だち?

このお店は初めてですかと訊いてきた女装の店子に、一回だけ来たことあるんですよ、もう十年以上前になるけどと答えた。じゃあ三つ前の店長の時かな、その頃のスタッフはさすがにもう残ってないやと申し訳なさそうに店子が言う。もともとそんなに通ってたわけじゃないから気にしないで、今日は気楽に飲みに来ただけだから。それならいいけど、楽しんでってね。

奥からユヅキ、あやせ、私、と並ぶかたちで会話を始めた。あやせは高校通ってた時の同級生なんだよとユヅキが言った。少女はもともと人懐っこい性格なのか、こちらに遠慮するような素振りも見せず、高校に通っていた時分のユヅキのこと、受験勉強が本格的に忙しくなって週に四回塾に通っていること、偏差値の高い私大の経営学部に入って卒業後は自分のネイルサロンを経営したいと考えていること、時々ユヅキの家に行って勉強を見てあげていることについてべらべらと語り続けた。声が甲高いせいもあって、彼女の話はいささか私をいらつかせた。黙っていたら彼女の話を聞いているだけで夜が終わってしまうと考え、さえぎるようにしてこちらからも話題を振ることにした。

ユヅキが女装してるってのは前から知ってたの、と私は訊いた。

そうですね、同じクラスになって三ヶ月くらい経った頃かな？　ユヅくんが放課後にすっごい暗い顔で教室のすみっこにすわってて、なんかあったのって訊いたんですけどなかなか答えてくれなくて、その後一緒にファミレス行って夜までねばったら女装のこと話してくれたんですよ。

へえ。

最初はちょっと驚きましたけど、別にあたし偏見ないから、まあユヅくんがそういう格好したいんならすればいいんじゃないかなって感じで、いまも時々一緒に遊んでてとか、なんかそういうのです。

ふわふわしたしゃべり方をする少女だった。あやせは話しながら当たり前のようにユヅキの腕に自分の腕をからめており、ユヅキの方もそれを嫌がったりする様子はなかった。ユヅキは普段よりも甘ったるいロリータ寄りの服をまとっており、二人が腕を絡めあう様は私よりもはるかに歳若い二人の少女が妖精のごとくたわむれているように映った。口先だけでなく、あやせはユヅキの女装に対して抵抗感を抱いてはいないようだった。ユヅキの顔がやわらかい。私に見せるものとは異なっている。歳が近く気を許せる相手だからこそ浮き出てしまう表情なのだろう。タカシさんは飴細工のお仕事やってるんですよね、とあやせは言った。私についての情報を、少なからず彼女にもらしているのだ。別段何かやましいところがあるわけでもなく、私は飴細工で創作を行うことの楽しさやそれを仕事にした時のむずかしさについてあやせに語った。彼女はじいと私の目を見つめたまま興味深そうにあいづちを打ち、ところどころ質問をはさんできた。中年男性の話を適当に聞き流しているという風ではなく、ユヅキの友人だということを踏まえてかもしれないが、あやせはこちらの話へまっとうな興味を持っているように感じられた。彼女はとりわけ豪奢な服をまとっているわけではなく、ごくごく普通のニットにスカートをはき、かすかな化粧をしているだけだった。それだけで彼女はまぎれもない少女だった。全身のシルエットやほほとあごの丸みは、男が女物の服を着たところで真似できない。

ユヅキはあまり話に加わらず、私とあやせが話している様を見ているだけだった。二人が仲良くなってくれてよかったよ、絶対相性いいと思ってたんだよねとユヅキは言った。それから唐突に、ちょっとあっちに知り合いいるから話してくるよと残して立ち上がってしまった。私は十代の少女と二人きりで取り残されたことに動揺していたが、あやせの方がそのまま会話を続けてくるので、あまり深く考えず彼女につきあうことにした。話をしながらも、私の視線はちらちらとユヅキの方を向いた。彼女は、あまりにもその場によくなじんでいた。今日が何度目の訪問なのかは知らない。だが少なくとも一度や二度試しに入ってきた客という様子ではなく、だいぶ長いこと通っている常連としての雰囲気を醸し出していた。ユヅキは店子を交えながら、奥のテーブル席にいた二人組の女装客と談笑を続けていた。二人組がユヅキに対してファンという言葉を使っているのがちらりと聴こえた。見れば、二人は席を移動してユヅキを挟むかたちですわり、彼女の頭や首や背中に触れていた。カランと扉が開く音が鳴って、あたらしい客が二人入ってきた。二人はユヅキを見るなり、おーユヅちゃん！と大きな声を出してカウンター席にすわった。私の方に一瞥をくれることすらなく。四人の大人が、女装した十六歳の少年を囲んでいた。ひとりだけアイドルのような扱いを受けている。あんな風に大勢の人にちやほやされた記憶を、私は持っていない。あやせはそちらの様子を気にする様子もなく、緑茶ハイを飲みながらゆったりとしたペースで会話を続ける。

ねえ、と彼女の話にかぶせるようにして私はたずねた。

ユヅキはいつからこの店来てるの。

二ヶ月くらい前ですよ。最初来た時、あたしも一緒で。

へえ。

他の店で仲良くなったお客さんに、若いうちは一ヶ所だけじゃなくていろんな店に行ってみた方がいいって言われたらしいんですよ。それで新宿のここに行こうって思ったみたいなんだけど、初めて入るバーってやっぱり怖いじゃないですか。しかも女装バーだし。だからあたしに連絡来て、付き添いやってくれって言われて、ちょっと迷ったんだけど面白そうだからいいよって。

仲いいお客さん、結構いるのかな。

あ、多いですよ。ってゆーか、みんなユヅくんのファン?みたいな。ユヅくん話上手いし周りにも気ぃ遣えるじゃないですか。それで見た目もかわいいから、普通に人集まる感じになって、なんかちょっとした芸能人みたいですよね。あ、ユヅくんは昔合唱やってたんですけど。

それくらい、聞いてるよ。

あ、そうですか。やっぱり発声の基礎とかリズム感がそもそも違うっていうか、普通あんな風には歌えないですよね。なんかもう完璧超人みたいな。

あやせさんはさ。

はい？

ユヅキのこと、好きなの。

たずねると、彼女は左手の人差し指で自分のこめかみをぐりぐりと押しながら、眉間にしわを寄せて悩んだ。それから顔をふっとゆるませて、そうですね好きですよ、と返した。

それは男としてなの、と私は訊いた。

どうでしょう、そこはあんまよく分かんないです。でもユヅくんと最近また遊ぶようになって、やっぱりこの時間がすごく好きだなあって感じてるのはたしかで、ユヅくんの一番近くにいたいって思ってますね。答えになってますかね？

ユヅキが女装してるってのが嫌になったりはしないの。ほんとはちょっと止めてほしいとか。

それはまったくないですね、とあやせはきっぱり言い放った。こちらへ怒りを向けるわけでもなく、当たり前の事実を淡々と述べるような口調だった。

あたしは高校の教室にいるユヅくんを見てて、勉強とか周りの人との関係とか、どれもそつなくこなしてたけど、なんていうのかな、熱を抑えこんでるような感じがしたんですよ。本当はもっと大声を出したりはしゃいだりしたいのに、それをふさいで上手く空気を読んでるみたいな。実際、女装するようになってからのユヅくん、すっごい楽しそうですよね。それはタカシさんも分かるでしょ？

まあ、それくらいは。当たり前だけど。

女装してるユヅくんを見ると、あっ、この服が一番彼にしっくりくるやつなんだって思えるんです。制服とか、真っ黒な男物のトレーナーとかはやっぱ違ってて、生地がやわらかくて色もたくさんあってデザインがごてごてした服を着てる時のユヅくんはすごくナチュラルに見える。そういうユヅくんのそばにいられるのがなんかいいなあって。

あやせは訳知り顔でユヅキのことを語り続けた。ユヅキの表情を明るくしたのも、店に連れて行ってそこでの振る舞いを教えたのも私だが、彼女はそのことを知ってか知らずか話題に出そうともしなかった。もしさ、と私は続けた。

もしユヅキの女装が似合ってなかったら、態度は変わるの？

ん、そうですね。変わりますよ絶対。ユヅくんが太ってて肌もぼろぼろで顔もいまみたいにきれいな人じゃないのに女装してたら、やっぱりいやですもん。

なんだ、それじゃ見た目が好きっていう風にしか聞こえないな。

思わず私は悪態をついてしまったが、あやせはそれを意に介する様子もなく言葉を続けた。

そりゃ見た目だって好きですよ。けどそんなの当たり前のことじゃないですか。だって、それぞれの人にはそれぞれの似合う服があるでしょう。着るべき服って言ってもいいのかもしれない。それを間違えてる人は、なんかよくないいんじゃないかなって思うんです。ユヅくんの場合はあれでいいんですよ、見た目があんなにきれいなら、好きな服着て楽しそうにしてればそりゃあ周りにもちやほやされますよ。それに嫉妬するとかもないですねえ。

あやせの言っていることに、私は反論する言葉を持たなかった。彼女の言にしたがうのなら、おそらく女装バーに通って女装している客の大半は、着るべきではない服を着ている間違った人たちということになってしまうだろう。本当なら私は、ここで彼女におまえの考え方は窮屈でつまらないものなんだと言い返し、似合わない女物の服を着ている男たちを守るべきだった。けれど誰よりも私自身が、彼女の言葉通りに動いてきた人間である以上、反論する権利などないように思われた。私は何年も前から、自分がぶさいくであることを受け入れて生きている。色とりどりの服で着飾ったところでぶさいくなことは変わらないと気付いたからこそ、女装を止めてしまってもいる。あやせを理屈で言い負かすことはできたはずだ。それでも、理屈の手前にある自身の感性が、彼女の態度を肯定してしまっていた。あやせが率直な意見を述べれば述べるほどに私のいらだちは募っていった。

一曲、カラオケが入った。横を見ると、ユヅキが立ち上がってマイクを手に握っている。イントロが流れ、周りの客たちは華やかなステージを待つかのように歓声を上げ拍手を送っている。ユヅキがマイクを口に近づける。歌詞に合わせて声を出す。彼女のファルセットは、これまで私が田町のバーで聴いてきたものよりものびやかで透き通っていた。有名な女性シンガーの曲を、キーを下げることもなく、当たり前のようにユヅキは歌いこなしていく。私が歌えばかすれてしまう高音部も、のどや腹の奥から声をしぼるようにして上手く処理してしまう。どうすれば、男なのにあんな声が出せるのだろう。若い頃にあんな歌い方ができれば、私の周りにももっとたくさんの人が集まっていたのかもしれない。ボックス席にすわっていた客も、サビが終わると同時に大きな拍手を送っていた。気が付けば、店全体がユヅキのステージのようになっており、すべての客が彼女に魅了されていた。その中で私とあやせだけが静かに見守っている。あやせは嬉しそうに微笑を浮かべており、私はテーブルに肘をつきながらかわいた顔で店全体を眺めまわしていた。

先週からつきあってるんですよ、とあやせは言った。

二人が腕をからめている時の雰囲気でなんとなく察していた私は、そうなんだ、とだけ返した。

ずっと、自分の過去の中にユヅキの姿があると思っていた。十代や二十代の頃、私の肉体は細くみずみずしく、活発な精神は初対面の人間と打ち解けることを容易にし、女装をしながら夜の街を楽しめる自分に対して自信を持っていた。それはすでに私の手をすり抜けて遠くへ行ってしまったものだ。いまの私の肉体も精神も、女装を楽しめるようなものではなくなっている。その上でなお、ユヅキは私のたどった道をもう一度なぞるように生きているはずだった。私は彼女を正しい方向に導き、やがては彼女にも訪れるだろう肉体や精神や環境の変化を原因とした挫折の瞬間に、きわめて近い位置で力になってやれると考えていた。違う。私の過去にユヅキはいない。私はあんな風に、店全体から喝采を受け、初めて会った客までも魅了し、ほとんどの男であれば歌いこなせないだろう繊細な女性曲を高らかに歌い上げたこともない。感情豊かに歌うユヅキを見ていると、私の、あの華やかだった時期のすべてがどれも虚像であったかのように想え、色褪せたものになっていく。

かばんの中から財布を取り出し、あやせに五千円札を手渡した。

これでおれの分、出しといてもらえるかな、お釣りは使っちゃっていいよ。

多いですよ。

いいよ。

いささか困惑した表情を浮かべるあやせを置いて、私はさっと立ち上がり店子に会釈をしてから店を出た。季節に似合わないなまぬるい風が首筋やうなじにからみついた。暗い裏路地を足早に歩くと、生ごみか何かのすえた臭いが鼻をついた。仲通りに出ようとしたところで、かつかつと背後から靴音が聴こえた。振り向くとそこにはユヅキが立っている。

なんでいきなり帰ってるのさ。びっくりするわ。

別に。楽しそうに歌ってたから、邪魔するのも悪いと思って。

そんなんちょっと待ってればいいじゃん。あやせもひとりになっちゃうしさ。

あの子はおれのつれじゃないし、関係ないだろ。

なんなの。なんか機嫌よくないでしょ。

普通だよ。ずっと言ってるだろ、いま仕事忙しいって。明日も早いしやることたまってるから、早めに帰るんだよ。

だったら待ち合わせする前からそう言っといてよ。いや、なんなの、十五分で席立つって。すげえ感じ悪いよ。

あのさあ。そもそもなんで勝手に新宿の女装バー来てるわけ？　あそこ通ってるなんて、初めて聞いたんだけど。

はあ？　それでキレてんの？

別にキレてないよ、ただちょっとおかしくないかって言ってんの。女装バーのこと教えたのはおれだろ。新しい店行くなら、ちょっと報告くらいするべきだろ。

え、なに。おれはなんか普段と違うことやるたんびに、全部タカシさんに言わなきゃいけないわけ？　わけわかんないんだけど。

そんなこと言ってないよ。忙しいのになんとか時間作ってさ、普段と違うバーに呼び出されて、会ったこともないユヅキの友だちと二人きりにされて、そんでおまえは勝手に別の席移って楽しそうにしてるわけじゃん。それ、おかしいだろ。

だったらそう言えばいいだけでしょ。いきなり帰るってどうかしてるわ。

うるっさいなあ、といらだった声がのどから漏れた。

何時に帰るかなんておれの勝手だろう。別にあやせさんもいるし、ちやほやしてくれるお客さんもいるし困らないだろ。いちいちうるさいんだよ。

何それ。

それにさ、友だちじゃねえじゃん。おまえの彼女だろ、あの子。そのこと隠して連れてくるって、だるいわ。

あやせに聞いたの？

そうだよ。そもそも聞く聞かない以前にさ、あれだけいちゃついてればなんかあることくらい分かるわ。

友だちって言ったのは、ちょっと恥ずかしかっただけだよ。今日そのへんについてもちゃんと話そうと思ってたし、隠したりなんかしてない。

なんでもいいよ。とにかく忙しいの。そんだけ。

ほんとに帰る気?

そうだよ。

あっそ。マジなんか、あきれたわ。いいよ、もう。

下を向いて一度大きく息を吐いてから、ユヅキは店の方へと戻っていった。わきの下とひたいに熱がたまり、汗を掻いている。何秒かその場で足を止めた後、私は駅に向かって歩き出した。まだ生ごみの臭いが鼻に感じられた。街の臭いだと思っていたが、本当は私の身体のどこかから漏れ出ているのかもしれない。

一週間が過ぎてもユヅキからの連絡はなかった。なるべく意識の外に追いやり、目の前の仕事と、迷惑をかけてしまっている妻との時間を作ることに注力した。ドレスアップシリーズは実際に商品として市場に出された瞬間に注文が殺到し、飴細工業界の中ではちょっとした話題になっていた。とりわけ若い女性からの人気が高いらしく、実地で飴細工の教室を開いて服や小物の作り方を教えるという提案も上司からなされた。いずれにしても、仕事が一段落したことはたしかで、しばらくは定時に上がることができそうだった。

数週間ぶりに、妻と息子と三人で夕食をとった。仕事が遅くなっても妻はできる限り私の帰りを待って一緒に食事をしてくれていたが、夜九時過ぎになると眠ってしまう息子がその場にいることはなかった。正面に妻がいて、横には息子がすわっている。時刻は七時を回っており、すっかり日も暮れているというのに、食卓だけが昼の公園のように明るくまぶしい。食事を終えると、ゲームをやろうと息子がせがんでくるのでそれに付き合い、彼が眠くなって布団に行くまで楽しい時を過ごした。一緒に遊ぶ時間をとってやれないことが後ろめたく、ひと月ほど前に最新型のハードといくつかのソフトを買い与えた。妻の話によれば、同じ幼稚園に通う子を家に招いたりしつつ熱中しているらしい。ただ、その裏で息子が私のことをどのように思っているかまでは分からない。日々は淡々と過ぎていった。平坦な時間の中で、ゆっくりと、胸によどみが溜まっていく。それはシャワーを浴びている時間やトイレで用を足している時間にふとせり上がり、のどの奥と口中から水気を奪っていった。

何度か謝罪のメールを送ることも考えたが、ユヅキにどのような言葉を伝えればいいのか分からなかった。稚拙な暴言を吐いたことについては謝らなければいけない。けれどどうしても、自分だけが悪いわけではないというしこりのようなものが引っ掛かっていた。かたちだけの謝罪をすることに、意味があるとは思えなかった。

しばらくのあいだ出社時間を一時間遅らせていいという連絡が上司から入った。朝の九時に起きる。歯をみがいてシャワーを浴びる。下着をはいて肌着をつける。そうして、白いシャツを着たら上下黒のスーツをまとって、首にはつまらない色のネクタイを結ぶ。毎朝、葬式に出かけるような格好だと思う。職場の同僚と酒を飲むことはない。飴細工の仕事をやっている連中はみんな個人主義で、お互いの技術について熱く語り合うようなことはあっても終業後のプライベートとは切り分けられている。家に帰って部屋着にきがえる前に、一度スーツを脱がなくてはいけない。私は下着一枚だけを身に着けて洗面所の鏡の前に立つ。三ヶ月以上も美容室に行っていなかった。伸びた髪はあごに届きそうなほどで、全体がふくらんでいるせいもあって不潔な印象を与えてくる。年々、ひげの生える速度が増していく。朝家を出る前どれだけきれいに剃っても、帰宅するころにはほほや口周りにぽつぽつと黒い点が浮き出ている。肩や胸には余分な肉がつき腹はみにくく垂れ下がり、若いころに買ったデニムなど到底入らないくらいに足は太くなった。これが私の肉体なのだ。三週間あまりが経過したころ、ユヅキからメッセージが届いた。中にどのような文面が記されているかを想像するとおそろしく、私は未読のままそれを放置した。単純に、この数年送ってきた生活に戻っただけだ。私は夢やら希望やらに満ち溢れた十代の少女でも少年でもなく、三十四歳の男性としての現実を生きていた。たまたま知り合い距離を縮めた友人と疎遠になったからと言って、すべてを投げ出したり意味もなく遠くへ旅に出るような安い振る舞いをするわけにはいかない。もともと私は自分の生活に満足していた。これからもそれを維持していくだけだ。

土曜日の朝に母が家へ遊びに来た。生まれた時には大して喜んでいなかったが成長して言葉をしゃべるようになったあたりから態度が変わり、最近は暇さえあればうちへ来て孫と遊びたがる。あんたたちもたまにはどっか出かけたらいいじゃない、あたしがちゃんと面倒みとくからと母は言う。思えば妻と二人きりで出かけたことなどこの一年でも数える程度しかない。たまにはお言葉に甘えましょうという妻の言葉にのせられるかたちで、街へ出ることに決めた。この歳になっても女性と二人でどこかに出かけるというのは苦手だ。これが夜からの外出であれば、適当なところで食事をして適当にバーへ行って帰るだけでいいのだが、昼からの外出となるともう少し繊細なプランが期待されているような気になって落ち着かない。どうしたものかと迷っていると妻の方から、原宿に気になる中華料理屋があるからランチで行こうよと提案してくれたので、私は黙ってそれにしたがうことにした。こういう時彼女はとても手際がいい。三十分ほどかけて支度をし、家を出た。妻は薄い化粧を施しさらっとベージュのジャケットを羽織っただけで、すずしげな雰囲気をかもしだした。梅の花がしぼみ、ぽつぽつと桜が咲き始めた季節によく似合う服装だ。私も重苦しい格好はさけようと、春物のコートにそでを通した。

彼女が行きたがった中華はミシュランでも星をとっている有名店だ。九十分食べ放題三千円という安さで、しかもニラとエビとニンニクが大量に入った透明な蒸し餃子はそれだけで千円以上とってもいいくらいに美味く、これなら人気も出るだろうと納得させてくれる店だった。食後に菊花茶を飲み、いつの間にか長い行列ができていることにおどろきながら店を出た。美味い食事をすると会話もはずむ。私たちはそのまま駅前に戻って代々木公園を散歩しながらたわいない会話を楽しんだ。昨夜雨が降ったためか、舗装された道を歩いていても左右から草と土のあわい香りが鼻に届いてくる。妻といる時の私は余計な気負いがなく、ただ思ったことを口にできている。どうしてユヅキの前でももっと上手くやれないのだろう。自分が二十近く年上だからか、あるいは正しい方向に導いてやらなければいけないという身勝手な義務感からか。五時を回る頃になってそろそろ帰ろうかと訊くと、あ、ちょっと待って、クレープ食べたい、原宿来てクレープ食べないってなんか損した気分になるじゃない、と妻が言う。私たちは竹下通りに向かい、その真ん中あたりにあるクレープ屋に並んだ。何度か来たことはあるが相変わらず人気のようで、前には十人ほどが列を作っていた。店の周りでは、すでにクレープを買い終えた人たちが談笑しながら生クリームを舐めている。違和感があった。並んでいる客の中に男性は私ひとりで、それは特段変わったことでもないのだが、みんな示し合わせたかのようにロリータ服を着ている。色はまちまちだし重めのゴシックの少女もいれば甘いテイストでまとめた子もいたが、みな一様にロリータであることは変わらない。原宿で竹下通りにいることを差し引いても、それは妙な光景だった。周囲の会話に聞き耳を立ててみると、全員が同じミュージシャンの話をしている。どうやら近くで、有名なヴィジュアル系アーティストのライブがあったらしい。みんな、その帰りに竹下通りへ寄って甘いものを摂取しておこうという腹なのだろう。誰もがまぶしく見えた。似合っている子もサイズ感や化粧を間違えている子もいたが、ライブ帰りということもあってか誰しも活気に満ちており、あでやかな衣装をまとって少女たちが談笑しクレープを食べている様は、きれいだ。卑屈な顔はそこになく、選んだ服をそれぞれが楽しんでいるようで、並びながら目は周囲の若い女性たちに吸い込まれた。卑屈なのは、私の方だ。

おれがゴスロリの服着ても似合わないかな、ほとんど無意識のうちに私はたずねていた。

何、いきなり。着てみたいの？

まさか。

ま、いまの体型じゃあ似合わないだろうね。でも痩せたらさ、結構なんとかなるかもよ。ちょっと面白いかもね。あなたがああいう服着て、あたしもちょっと派手な化粧して、一緒に街歩くの。女友だちと出かける感じになって、いいかも。

応えられず、私は押し黙った。女物を着て妻の横を歩く時、彼女が楽しんでいる様子をまったく想像できなかった。

ちょっと、まじめな顔しないでよ。冗談冗談。

でもダイエットは考えてみようかな。こないだ、ちょっと肝臓の数値高かったし。

うん、とりあえず痩せて損することはないと思うよ。

妻はバナナチョコ生クリームを頼み、私はいちごあんこ生クリームを頼んだ。ユヅキとクレープを食べた時の話は、なんとなく妻の機嫌をそこねてしまいそうだったのでやめておいた。

夕飯を食べてしまうと特にやることもなく、映画やテレビを観たりする気にもならないので布団に入ってぱらぱらと買ったばかりの小説を読んだ。それにも集中できず、枕わきに置いておいたスマートフォンを手に取って、ためらいがちにユヅキからのメッセージを開いた。罵倒など一切含まれていない純粋な謝罪の言葉がそこには並んでいた。《なんか俺がいやな気分にさせちゃったんだよね。疲れてる時に来てくれたのに、勝手に彼女呼んでたらいらっとするだろうなって、帰ってから思った。また連絡するね。忙しいのにごめん》。彼女の誠実な文章に強い郷愁を覚えた。このように率直な謝り方を、おそらくいまの私はできないだろう。齢を重ねるごとに素直な謝罪をすることはむずかしくなっていく。そもそも揉め事自体が起こらないように言動を調整する。ユヅキにとっては違うのだろう。お互いが思っていることを言葉や態度で表現し摩擦が生じたとしても、いつまでもそれを引きずったりせずどちらかが謝れば何事もなかったかのように元の関係へと戻っていけるのだ。喧嘩をすることと縁を切ることがほとんど同じ意味を持つようになったのがいつからなのか、思い出せない。しばらくユヅキの打ってくれた文面を見つめた後、読書を再開した。評判のいいミステリ小説だったがトリックや文体をこねくり回しすぎていて、最後まで物語に入り込むことができなかった。

翌日、妻は高校からの友人と約束があると言って昼前に息子をつれて家を出た。私の知らない相手だろう。私は自室のクローゼットから大きな箱をいくつか取り出し、中を開けた。ほこりにまみれているようなことはなかった。昔使っていた金や茶のウィッグも、ニットやワンピースやスカートやジャケットやコートやマフラーも、かび臭さなどみじんも感じさせることなく詰まっていた。ただ化粧道具の方は八年間放置していたせいで、どれも乾いてしまっており使い物にならない。バケ子に電話してこれからおまえん家行っていいかとたずねると、なんだよ急にと言われる。化粧と服がおかしくないか見てほしいんだと言うと、間を置いて、いまの住所を教えてくれた。ついでに、化粧道具一式を貸してもらうことにも承諾を得た。バケ子の住んでいるマンションは渋谷の駅から入り組んだ道を十五分くらい歩いた場所にあって、外観も豪奢だし中も十分に広かった。おそらく面積は私が家族三人で暮らしている部屋と同じかそれ以上あるだろう。駅から結構歩く分部屋は大きいんだよ、とバケ子は得意げに言った。巨大なスポーツバッグを床に置き、中からありったけの服や靴を取り出した。

ずいぶんたくさん持ってきたなあ。

サイズ的にもう着れない服もたくさんあると思う。

結構、覚えてるぜ。ほら、これ、あんたとサスケが喧嘩した時にラーメンの汁かぶったやつだ。あ、まだちょっとシミになってる。

バケ子は服を一枚一枚手に取って広げ、それをじいっと眺めていた。彼女と出かける際に着用していたものもたくさん混じっている。

女装すんのか。

うん。

化粧あたしがやろうか？　昔より上手くなってるぜ。

ん、いや、だいじょうぶ。自分でやってみるよ。ちゃんとできるか分かんないけど。

そっちの方が、楽しいか。仕上がりはちゃんとチェックしてやるよ。

さんきゅ。

二十分くらいしたらとりあえず戻ってくるわと言い残して、バケ子は部屋を出ていった。すでに自宅でひげやすね毛の処理は終えている。女性用の下着を上下ともに着けた。八年ぶりに着用したそれらはどこかごわごわした窮屈なものに感じられた。たくさんの脂肪がついたせいもあるだろう。ブラジャーの中にパッドを詰め、髪をまとめるためにネットをかぶった後で金髪のウィッグをつけた。上品な茶色にするか迷ったが、どうせならはっちゃけて見えた方が楽しいだろうと考えて金を選んだ。部屋の端に置かれている大きな化粧台にすわって鏡を見ながら、ウィッグに指を通していく。まったく手入れしていなかったにもかかわらず、元の素材がよいこともあってかウィッグに痛みはほとんどなく、簡単にかたちを整えることができた。申し訳なさを覚えつつ、バケ子の化粧品に手を伸ばす。顔全体に下地を塗っていく。ファンデーションを取り出し、ブラシを使ってまぶしていく。私の目は細い。マスカラは絶対に必要だった。ひじきのようなとげとげしいまつ毛にならないよう慎重に、黒い液体をのせていく。眉毛はほとんど剃り落としてある。会社に行く際困るかもしれないが、そんなことはどうでもいい。いざとなれば黒の油性ペンで描いて笑いのひとつでもとってやろう。最近どのような眉毛が流行なのかは知らない。私は古い知識そのままにペンで眉を描いていった。心なしか細くなってしまったような気もするが、悪くない出来だと思う。化粧をしていると、散漫だった意識が鏡を見ている両の目に集中していく感覚があった。私はにたにたと笑っていた。化粧をして、自分のみにくい顔をましな状態に整えていく作業は楽しかった。その感覚を久しぶりに思い出す。前はあまりやっていなかったが、鼻やほほの尖った部分にハイライトを塗った。そこだけが少し明るく輝き、顔全体を立体的に見せてくれる。

服の組み合わせにはだいぶ迷った。先の見えないパズルを前にしているようで、頭の中が上手く整理できない。まずはひとつだけでも決めるべきだと考え、私は黒地に黄色や青やピンクの花が咲き乱れているプルオーバーのワンピースを手に取った。もともと少しだけ大きめのサイズで購入してある。試しに着てみると、いまの体型でもどうにか身体をおさめることができた。花だ。私の身体に色とりどりの花が咲いている。草むらを走り、太陽の下でくるくると踊りまわりたい気分だ。靴は黒のハイヒールを選んだ。高さは五センチに留めておいた。それ以上の高さのヒールを、今では履きこなせる自信がなかったから。鏡を見た。百七十七センチで体重八十三キロのでかい肉が、かわいらしい服と小物をまとって立っていた。それでいい。

入るよーと言ってバケ子が部屋に戻ってくる。どうかなと訊くも返事はない。彼女は私のメイクと服のバランスについて、真剣に考慮してくれている。うなずいたり、首をかしげたりを繰り返しながら。

ちょっと、顔いじるぜ。

おう。

バケ子はクレンジングシートを持って、眉毛のはみだした部分を拭いてから、ペンで描き足していった。出来上がった眉毛は私が描いたものよりも幾分太く若干の違和感があったが、最近街で見かける女性のそれに近づいたように思えた。いまはある程度太くて存在感ある眉の方が人気なんだよとバケ子は言った。もう一度こちらの顔をじっと見ておかしな点がないか確認してから彼女はあっと声を出す。あんた、くちびるやってないじゃん。

彼女は鏡台の前に置いてあったオレンジリップのふたをとり、私のくちびるへそっと塗り始めた。口を半開きにしたまま彼女の作業が終わるのを待つ。これまで私はピンク系のリップや口紅ばかりを使ってきたので似合うのかどうか自信を持てずにいたが、できあがった姿を見ると花柄のワンピースに鮮やかなオレンジはよく映えていた。仕上げに、顔色ちょっと悪く見えるからと、バケ子はうすくチークを塗ってくれた。よし完成と言って、彼女は私の肩を叩いた。

あんた、こういうとこ変わんないね。思いついたことをいきなり行動に移すあたり、最初に会った時からずっと一緒だな。

なんかすまん。

散歩でもすんのか。ついてってやってもいいぞ。

いや、もしかしたら、あとで人と会うかもしれない。

へえ、とバケ子は喉を鳴らしておどろきを表した。

あたし以外にも女の格好してること、話せる友だちいるんだ。

そうだな。うん、友だちみたいなものだと思う。

よかったじゃん。

ん。

あたしは今日ずっと家で作業したりネット見たりしてるから、好きなタイミングで戻ってきていいぜ。その服と化粧で家帰るわけにもいかないんだろ。

うん、すごい助かる。いったん、荷物置いてってもいいか？

ぜんぜんいいよ。ほんじゃ、楽しんできな。

紅く小さなポーチに財布とスマートフォンと化粧道具を入れ、紙袋をひとつ持ってからバケ子の部屋をあとにした。彼女は最後まで、きれいとかまだいけるじゃんとか、そういうおためごかしを一切口にしなかった。

ヒールの底がかつかつと舗装された道路を叩く。風に混じって緑の葉が飛んでくる。気温が高く陽も照っているおかげで、ワンピース一枚でも寒さを感じることはなかった。街を歩いている人たちもみな軽やかなジャケットを着ているのが目立つ。行き交う人々の服装に普段よりも目がいった。似合っている人もそうでない人もいる。すらりとした体型で大人びた洋服を着こなしている女性にすれ違うと、こちらが試されているようで縮こまってしまう。駅前のスクランブル交差点を大量の人が闊歩している。全員が私のことを奇異の目で見ているように感じる。気のせいではないだろう。すれ違いざまに小さな声で何あれキモいねと嘲笑まじりにささやく声が聴こえた。ほとんどの人は、私が女性ではないことにすぐ気が付くはずだ。ふくらはぎについた筋肉や、ごつごつとした顔の輪郭や肩幅や、前にも横にもふくれた腹の肉はどうやったって隠せない。

目的地を決めていたわけではなかったが、足は自然と昔よく通っていた喫茶店へと向いた。ブラジルやコロンビアやハワイのコーヒーを豆からきちんと淹れてくれる純喫茶で、会話の邪魔にならない程度の優しい音量で古いジャズを流していた。何年も足が遠のいてしまっている。こじゃれたカフェに変わってしまっているのではないかと不安だったが、ありがたいことに店は昔と変わらず営業していた。中に入ると木材のにおいがほんのりと鼻に届いた。案内されるままに入り口付近の席にすわり、キリマンジャロを注文した。休日の店内はそれなりに混んでいる。ちらちらと、私の方を見てくる視線を感じる。右からも左からも。注文を待っている時間が苦痛に感じられた。バケ子の家から本やマンガを借りてくればよかったと後悔した。挙動不審に思われないよう、私はできるだけ自然な動作でポーチからスマートフォンを取り出し、ニュースサイトやSNSを見ながら時間をつぶした。ほどなくして運ばれてきたキリマンジャロの香りはこうばしく、この店に通っていた頃のさまざまな記憶をよみがえらせた。女装をすることにためらいや恐れをほとんど抱いていなかった時期のものだ。いまの店内にはジャズ以外の音楽も流れている。流行りのポップスも環境音楽も激しめの洋楽もかかっている。すべてが以前と同じというわけではない。コーヒーを飲み終え、すぐに会計を済ませた。店の入り口には何人か待っている客もいる。駅前に戻って適当にぶらつくことにした。

本屋に行きCDショップをのぞき新しく建てられたビルでタピオカミルクティーを飲んだ。初めてのタピオカは想像していたよりもずっと胃にもたれた。いくつもの視線がまとわりついてくる。ビルを出ると陽はいくぶん雲に隠れ、風はだいぶ肌寒いものへと変わっていた。春になったからだいじょうぶだろうという油断があった。二の腕が冷えるのを我慢しながら、駅前のベンチに腰を下ろす。大勢の人が私を見て、一瞬おどろいた表情を浮かべたあと、すぐに視線を外して足早に去っていく。高いビルの向こうに夕日が見える。あの人気持ち悪いと母親の前で指をさしてくる子どもがいた。やがて陽はゆっくりと沈んでいき、ビルの裏へ完全に隠れてしまう直前、燃え上がるように鮮やかな夕焼けを作った。このベンチにすわってたこ焼きを食い、二人組の男に声をかけられた際、初めはバケ子だけがナンパされているのだと思い沈黙していた。けれど男たちは二人ともいい女だよねえと言って、飲みに誘ってきた。少し言葉を交わした後で彼らは私が男であることに気付き、キモいんだよと吐き捨てるように言って立ち去ったが、私はひとり興奮していた。女に見えたのだ、瞬間のまぼろしのようなものだったとしても、私の外見に連中は魅了されたのだ。ひらひらとした服を着ている自分を、誇らしく思った。ひとりですわっている私に話しかけてくる人間はもう誰もいない。それでいい。あの時バケ子はキモいと言われた私に気をつかってか、あんな奴らの言うことは全部しかとすればいいんだよとなぐさめてくれた。その後歩きながら適当な話をしている最中、あんた元の顔は悪くないっていうかどっちかっていうとイケメンの部類だと思うぜみんながそう感じるかは知らないけど、と彼女が言ってくれたことも記憶にある。バケ子の優しさは十分に伝わってきた。けれどイケメンでもかっこいいでもたくましいでもない。私が求めている言葉はあの時もいまも、たったひとつのささやかなものだ。それが私に与えられることはもう、このさき永遠にないのだろう。

数時間前の緊張はとうに失せてしまっていた。じろじろとした視線を感じながらも、私は人混みと街になじんでいた。他のことを考えるだけの余裕も生まれてくる。電話をかける指の動きはなめらかだった。六度目のコールでユヅキは出てくれた。なんか用、と言う彼女の声は普段よりも低く不機嫌なものに感じられた。これからちょっと会わないかと提案すると、沈黙をはさんでから、バイト上がって帰ってきたとこだからいいけどと返事がきた。

タカシさん、どこいるの。

おれはいま、渋谷でひとり。

渋谷？　めずらしいね。

こっちで飲まないか。

いいけど、女装バー？

いや、普通のバー。前に何回か行ったことあるけど、静かで気楽な感じ。

ふーん、分かった。三十分後くらいでいい？

うん。ハチ公の近くにいるわ。あ、あとさ、ジャケットかコート貸してくれない？　いま薄着でめっちゃ寒くて。

よく分かんないけど、持ってく。そんじゃ後で。

電話を切り、私は駅前のハンバーガーショップに入ってホットコーヒーを注文した。家で淹れているインスタントのコーヒーよりも上等な味がした。背後の席にいる高校生か大学生くらいの少年たちが私に聴こえるように笑い声を上げていた。コーヒー二杯とタピオカミルクティーで胃が重い。罵倒の言葉も耳に入ってくる。私は振り向くことなく、正面の窓から見下ろすようなかたちで交差点に目をやった。大勢の人がいきかっている。まるまると太った男や女が視界に入るたびに、自分と同類のように感じられた。ちょうど三十分ほどが経ったところでユヅキから連絡が入り、私はトレイを片付けてから少年たちのにやつき顔を尻目に店を出た。ハチ公のそばに行くと、像に背をもたれるようにしてユヅキが立っていた。彼女は私が目の前に立っても気が付かず、肩を叩いてようと声をかけたところでようやくこちらを認識した。

どしたのその格好、と彼女は驚嘆の声を上げた。

なんとなく、着たくなって。

彼女は私の全身をなめるように見回した後、これ持ってきたから着なよと、大きな紙袋からスプリングコートを取り出した。男物だったがカーキ色のそれはどこか軽やかで、女装している状態で着ることに抵抗はなかった。私たちはバーに向かって歩き出した。仕事で何度かおとずれたことのある店で、私だとばれることはないだろうがこの服装で行くのは少しおっかない。

二人ともハイヒールを履いていたため、自然と歩みは遅くなる。こないだはごめん、と前置きなしに私は切り出した。割り切れない気持ちはあったがそれを飲みこみ、自分の知らないところでユヅキがちやほやされていたことにいらだったと告白した。育ててきたつもりの相手が別の場所で歓迎されはしゃいでいる事実に、納得できていなかったのだ。下卑た欲望に腹が立つ。言葉にして謝ると一層そのことが浮き彫りになる。私はユヅキを自分の手元で飼いならしておきたかったのだ。彼女は何度か人とぶつかりそうになりながらも私から視線を外さず、時折あいづちを打った。中学の頃にさ、といささかかすれたように聴こえる声でユヅキは自分の話を始めた。同じクラスで仲いいやつがいて、クラス替えの時に俺と離れるのがいやだし新しいクラスになじめるか不安だって言ってて、最初は休み時間のたんびに俺のとこにきて一緒に弁当食べたりしてたんだけど、一ヶ月くらいしたらそっちのクラスで友だちできてて俺の電話とかもろくに出なくなって、それからほとんど話さないまま卒業したんだ、いまだにそいつにはむかついてるしなんか納得できない。早口気味にユヅキは語った。

だから別にもういいよ、怒ってないし。

分かった。

バーに入ろうとする際、ユヅキは何度か喉を鳴らした。入ろうよという彼女の声はやはり普段よりも野太い。

店内では青い照明が静かに輝いている。ボックス席はなく、十席ほどあるカウンターの奥の方に男女が一組すわっている。入り口近くにすわり、コートをかけてもらってから、ウイスキーのソーダ割りを二つ注文した。私の声を聴いたバーテンダーは一瞬顔をしかめたように見えたが、すぐに表情を戻して酒を作り始めた。まだユヅキに後ろめたさがあったものの、彼女の方が仕事はまだ忙しいのかとか子どもの写真見せてよとか次々話を振ってくれるので、それに答えているうちに妙な距離を感じるのもばかばかしく思え、これまでと同じような調子で彼女としゃべることができた。ユヅキは私の全身をじろじろと観察していた。脂肪でふくれた身体を彼女に見られるのにはしんどさもあった。ただ、それは今日この服を着て彼女と会う時点で分かっていたことだ。この服を着て、彼女と並んでみたいという気持ちが勝っていた。服についての話を始めた。これまではどちらかが一方的に語るだけだったが、いま同じように女物の服を着ていることで、一層自然にモノトーンのスカートやウエストをしぼってあるワンピースについての話に興じることができた。タカシさんと会ってから女装すんのが楽しくなったよとユヅキは言った。これからもたまには女装すんの、と彼はたずねてくる。しばらく視線をはずした後、分からんと答えた。何も決断はしていない。女装の楽しさを思い出したわけでも、自分の顔や身体への不満が消えたわけでもなく、ただ私は初めから、女物の服をもう一度着ることで自分とユヅキの正しい距離をはかれるのではないかと考えていただけだ。女装をして、あらためてユヅキの手足の細さや整った顔立ちのことを想う。どこかで彼女の上に立とうとしていた自分のあさましさについて、想う。彼女は私のつけた足跡の上を歩いているわけではなかった。右にそれることも、道を引き返すこともできる。点から点へ強引に導く資格など、ありはしないのだ。

ゆるりとした会話をしてしばらく経った頃、奥にいた男女がいきなりカラオケを入れた。静かで落ち着いたバーだが、客が騒ぐのを拒んでいるわけではなく、カラオケを歌ったりトランプを使ったゲームをしたりしてにぎやかに飲むことを店主はむしろ歓迎していた。男性と女性が交互に歌っているうちに、私はユヅキの曲を聴きたいと思った。彼女が歌えばきっと奥の二人はおどろくだろう。私は前からユヅキが得意としてる曲を入れた。歌いなよと肩を叩く。初めての店だとちょっと緊張するな、とユヅキは苦笑いをする。店にいる人が、みんなユヅキに視線を送る。歳が若く見目のいい少女がどんな歌をうたうのかと興味を持って見つめる。

ユヅキの歌はひどいものだった。

野太くがらがらとした声は上手く音程をとれておらず、そのことに自分でも気付きおどろいたのか、高さを調整しようとするのだが、余計に正しい音程からずれていく。本当なら快活な笑顔を浮かべながら歌うはずのユヅキは、そうした余裕もないまま歌詞の流れる画面だけをひたすら見つめている。サビにたどり着いた時、ユヅキの喉はとうに限界であらゆるフレーズはかすれており、最も盛り上がる箇所で使ったファルセットも、弱り切った犬の鳴き声のようにつたないものだった。そこで彼女はキーを四つ下げ、無理のない発声に切り替えた。とりたてて特徴のない歌だ。私の知っているのびやかさも軽やかさも消え失せている。奥の男女はこちらを見ることなく談笑を続けている。バーテンダーは何食わぬ顔でグラスをみがいている。誰の関心も惹かないまま、ユヅキは歌い終えた。私と彼女だけがせまい空間の中で、沈鬱な表情を浮かべている。ユヅキは下を向いたまま喉のあたりに手を当て、何度か咳きこんだ。ここにいたくない、と小声でユヅキは言った。バーテンに頼んで会計を済ませた。ユヅキは自分の財布から二千円を取り出しこちらに渡してきた。

互いに無言のまま頼りない足取りで路地を進んでいった。ちかちかと点滅する街灯には小バエや蛾がむらがっている。ユヅキが貸してくれたコートのおかげでさして寒さを感じることはなかった。駅前に戻る気分にはなれず、人が少ない裏の通りをただ歩いた。コンビニエンスストアの看板が見えた。

あそこで酒買って道で飲もうかと声をかけた。

ユヅキはしゃがれ声で一言、それでいいよとだけ返事をした。

一緒に店内へ入り、チューハイとビールを二本ずつ、それから牛タンときゅうりの浅漬けをつまみとして買った。照明が強い。街中やバーにいた時よりもはっきりとユヅキの顔が見える。いささか、老けたように映る。おそらくは下地を塗らなかったのだろう。ファンデーションがくずれ肌をきたなく見せていた。ユヅキの首の右側に大きめのほくろがあることを初めて知った。

近くにあったビルの階段に並んですわりお互いにビールを飲み始めるも、ユヅキの顔は沈んだままだった。別にそんな落ちこむことじゃないよ、と私は肩を叩いた。

声の調子が悪い日くらい誰だってあるだろ。まだ寒いし、風邪でもひいたんじゃないか。

そうじゃないよ。

何が。

二週間くらい前から、ずっと声が出しにくいんだ。無理に出してもなんか低くて変だし、喉の奥から無理やりかすれたのを絞り出してる感じがする。

それ、声変わりじゃないのか。

私の問いかけにユヅキは沈黙で応えた。彼女自身、遅い声変わりがきたことに薄々感づいているが、それを認めたくないというように。私が声変わりを迎えたのは中学二年生の頃で、一ヶ月近く声を出しにくい日々が続き、おさまった後もやはりそれまでのような高い声を出すのはむずかしくなった。

今日会った時からちょっと声おかしいとは思ってたんだよ、早めにおさまるといいな、声変わり。

へらへらとした私の言い方が気に障ったのか、続くユヅキの言葉ははっきりとしたいらだちを含んでいた。

つーかさ、俺の声が変だって分かってたのにあんな店連れてって、カラオケ歌わせたわけ？　は、それっていやがらせじゃん。何考えてんだよ。

ちょっと待てよ。あの店は何回か行ったことあるけど、ほとんどの時間は誰も歌わないで静かに飲んでるタイプのバーなんだよ。今日はたまたま奥の二人が歌いだしたからおれたちもやろっかって話になっただけだろ。ユヅキだって、いやとか言わなかったじゃない。

そんなの気ぃ遣っただけに決まってるだろ。声がこんな状態で、歌いたいとかあるわけないし。実際、音程も外れてたしサビの高いとことか裏声も使えなかった。なんなの。

おれが悪いって言いたいの？

大体さ、女装してくるならなんで先に一言いわないんだよ。普通のバーで、女の格好した男が二人並んでたらすげえ目立つじゃん。あのバーテンの顔見なかったの？　明らかに俺たちが女装した男だって気付いてたよ。俺だけならともかく、タカシさんのその女装はさ。

そこでユヅキは言葉を止めた。それ以上は行き過ぎた発言になると、興奮した頭でも悟ったのだろう。八つ当たりし喚き散らす彼女の姿を見て、私はなんの不快感も覚えず、ただ彼女の素顔に触れたことで高揚していた。もとの顔と体型と服装がどれだけきれいであろうとも、感情に任せて相手を傷つけるための発言をする人間の顔は、いつだってみにくい。ずっと封じ込めてきた欲望が、のっそりと顔を出してくる。胸の中に詰まったよどみが外へ漏れだそうとしている。

そうだな、おれが無神経だった。声がおかしいって気付いた時点でバーじゃなくて居酒屋とか、それか酒買って公園で飲もうって言うべきだった。女装にしてもそうだ。こんな気持ち悪いやつと一緒にいるのなんていやで当たり前なんだから。

そんな風に、思ってない。

私の言葉をさえぎるようにユヅキは言った。

気持ち悪いとかそんなのないんだ、ほんとだよ、そんなん言ったら俺だって気持ち悪いわけだし、さっきのは言葉に勢いがついちゃって、ごめん。

分かってる。ユヅキが本心からあんなこと言うわけないんだ。誰だって興奮してれば、言いすぎることはある。

怒ってないの。

一瞬むっとはしたけど、怒ってない。こないだはおれの方が八つ当たりみたいなことしてるだろ。だからまあ、おあいこってことで。

ありがと。そういうとこ、タカシさん、大人だね。

そうかな。

私の言葉に嘘はない。私は実際、いささかのいらだちこそあるものの怒りを覚えているわけではなかった。ただ、ユヅキにすべてを伝えてはいないというだけだ。私はこの状況を、どこかで悦んでいた。ユヅキはきれいで、歌声は美しく、人に好かれる性質で、私がいなくとも自分の道を自分で選べるしっかりとした意思を持っていた。さっきの彼女は自信を失いみにくい表情を浮かべ、まったく理性的でない言葉で他人を傷つけようとしていた。神様の足首に初めて指がかかかった。彼女はどこにでもいる子どもとして沈んでいた。

女の服を着ていた十年ほどで、いやな思いをしたことは幾度もある。繁華街で後ろから突然大声でオカマだよこいつと叫ばれ、直後に酔った男から腹を殴られた時は痛かったし人が大勢いる場所でも自分には何も安全ではないのだなと思い知らされた。服を破られ丸裸にされたこともある。ひとり暮らしをしていたマンションへ深夜に帰る途中、前から歩いてきた男にいきなり首を押さえられそのまま暗がりに連れ込まれた。手にナイフが握られているのを見た瞬間、身体は動かなくなった。極端な暴力や恐怖に出会った場合、人は逃げたり叫んだりできず、何も考えられなくなり固まってしまう。私は白いワンピースを着ていた。質のいい絹で編まれたさわりごこちのいいワンピースだった。硬直したまま、男が器用にナイフを使って布を切り裂いていくのを見ていた。全体に切れ目を入れた後、男はナイフをしまって素手でびりびりにワンピースを引き裂き、そのまま走って逃げた。しばらくして身体が動くようになった。ひとしきり涙を流した後、女物の下着一枚で自宅まで走った。バケ子に電話をかけると彼女はすぐに駆け付けてくれて、そのまま二人で交番に行き被害届を出した。三日後に犯人はあっさりと逮捕されたが、その道を通るのが怖くなったので私はすぐに引っ越した。いざという時の貯金が大事だということを知った。

本当は誰も傷つけられるべきじゃないんだ。みんな勝手に好きな服を着てどっかに集まって語ったりさわいだりして楽しくやれればいいいんだよ。それでも私は、女物の服を着ながらずっとまばゆい環境で過ごしてきたユヅキにささやかな傷がつけられたことに安心していた。安心という言葉はちょうどいい。あまりにも美しいこの少年にさえも他の人と同じように不快で悲しい出来事がおとずれる。私の抱いた感情はあまりにもいびつで、ユヅキに対する恥ずかしさと申し訳なさがあった。矛盾はなかった。彼女のきれいな歌をまた聴きたいという思いと、その声を出せなくなり悩めばいいというきたない考えは衝突することなく胸のうちに同居していた。

だいじょうぶだよ、と言って私はユヅキの肩に手を回した。声なんかすぐにちゃんと出るようになる、少し低くなったって女の歌をまたきれいに歌うことだってできる、こわいことなんかなんもないさ。

ありがと、とつぶやいてユヅキは私の右肩に頭をのせた。

風が強くなり、あたりに植えられた桜の樹ががさがさと音を立てた。目の前の水たまりは、あおられて散った花びらで埋めつくされている。今年は一度も花見をしなかったことに気が付いた。私たちは無言ですわっていた。相手が何を考えているのかなど分かりはしない。それでも体温はそこにあった。ユヅキは過去の私ではない。彼女が私の足跡をたどってくることもない。それでも私たちはともに、時間の中に置かれやがて損なわれる肉体と外見を持っているという事実でつながっていた。

ユヅキ、ウィッグ外してみてくれない。

は？　え、いやだよ。なんで。

頼むわ。

私の真剣な調子に気圧されたのか、ユヅキはしかめ面を浮かべたあと、渋々といった様子ではあったがそっとウィッグをとってくれた。初めて私の前に、女の格好をしていない時の、男として日常を過ごしている際の髪型があらわになる。予想していたよりも、彼女の髪は短かった。前髪が目にかかり横側も耳をおおっているようなものを考えていたが、実際には陸上部や柔道部といった体育会系の部活動に精を出す男子にふさわしい長さだった。ユヅキが男に見えた。髪の短い少年がスモーキーピンクのリブニットとプリーツスカートをまとい、かかとの高い靴を履いている。ちぐはぐで、滑稽で。ユヅキは落ち着かない様子で目を泳がせていた。彼女には長い髪がよく似合う。他の誰かが短髪の少年を好もうと、ユヅキにはユヅキらしい髪をしていてほしいと思う。紙袋ががさりと音を立てた。私は取り出したウィッグをそおっとユヅキの頭にかぶせた。これでいい。ユヅキのためにあつらえたかのように、ウィッグはしっくりと彼女の外見におさまっていた。

これ、タカシさんの。

前に、プレゼントするって約束したろ。

覚えてるけど。

さわってみ。

ユヅキは両の手のひらで頭をつつみこみ、それから髪をわしゃわしゃとさわったり、指の通り具合を確認したりしていた。

ぜんぜん違う。すごい、さらさら。これ高いでしょ。

高いぞ。五万円するやつ。

いいの？

いいよ。

私が持っている高価なウィッグは四つある。どれをユヅキにあげようか、バケ子の部屋で見比べながら相当に悩んだ。赤のウィッグは普段使いに向いていない。銀色はユヅキがつけているアッシュグレーとかぶってしまい、いまひとつ面白みがない。いっそのこと大幅に印象を変える意味も込めて金のウィッグにしようかと考えたが、いささかきつめのその色をユヅキがかぶっているところを想像するとどうもしっくりこなかった。結局、私は胸のあたりまで長さのあるストレートの上品な茶色を選んだ。イメージしていた通り、それはユヅキの顔立ちにもいまの服装にもはまっていた。他の服を着たりメイクを少し変えるような時にも使いやすいだろう。

鏡見たい、とユヅキが急かすように言った。

待って、その前に、整える。

立ち上がってユヅキの後ろに回り、彼女よりも一段高い位置にすわった。ウィッグはまだ彼女の頭部にしっかりとはまらず浮いている。全体を押さえつけるようにして、フィットさせた。よい素材で作られているため経年劣化していることはないが、それでも真っ直ぐで美しいストレートの髪というわけではなく、ところどころがふくれていたりはねてしまったりしている。ポーチから竹櫛を取り出し、そっとウィッグに押し当てた。ほとんど実際の髪の毛と変わらない感触のウィッグは、途中でくしを詰まらせるようなことなくなめらかに通していく。左肩に置いた手のひらからはユヅキの体温が伝わってくる。右手でゆっくりとくしけずっていくうちに、心から余分なものが削げ落ちていった。私の中にはユヅキに対するみにくい感情があった。彼女の導き手になれないことや私の知らないところで勝手な行動をとっていたことや恋人を作っていたことや、彼女の未来に私がいないかもしれないことへのいらだちが折り重なり、大きなよどみとなっていた。くしけずるほどに、ウィッグは正しいかたちに近づいていく。その動作をひとつ行うたびによどみは薄れ、目の前の少女をいとおしく思う気持ちが強くせり出してくる。彼女と過ごす時間の中で私は時折三十四歳という年齢を忘れ、あたかもやわらかく鮮やかな服をまとった少女に戻ったかのような感覚に浸っていた。よどみよりもはるかに多くのよろこびを、彼女から受け取ってきた。うなじにかかった茶色い髪は、とてもきれいだ。

立ってみて。

ん。

彼女の正面に回って全身をまじまじと見つめた。かぶせた私の想像よりもずっと、ウィッグの質は彼女の外見を左右するものだったらしい。前髪をいじりながら凛と立っているユヅキはこれまで見てきたどの瞬間の彼女よりも美しい。

うん。

いや、うんじゃなくてさ。もうちょっとなんか言ってよ。

すごく、かわいい。

はあ、そりゃ、どうも。

私には永遠に与えられないだろう言葉を、ユヅキは簡単に手にしてしまう。それをねたむ気持ちにはもうならなかった。彼女はスマートフォンをかばんから取り出し、明るい街灯の真下へ移動してカメラモードで自分の顔を確認しながら、おおとかへえといった感嘆の声を上げる。

彼女はいつまで女の格好をしていられるだろう。ユヅキの右手にはまったく毛が生えておらず水分に満ちていて指の一本一本も長く細い。女性の手とほとんど変わらないくらいに。それを保ちたいと思うなら彼女ですら、神経をとがらせてさまざまな努力をしなければならないだろう。私たちの手は時の流れにしたがい、ぽつぽつと毛が生えて表面は乾燥し骨ばっていく。徹夜をしても体重が減るようなことはなくなり、首やあごや二の腕や足に、そして腹に、着実に脂肪が蓄えられ洋服に見合わない肉体が作られていく。どこまで抗えるだろうか。とてもしんどい作業だ。一日や二日がんばれば済むという話ではなく、終わりの見えない時間の中でいつまでも肉や肌と向き合い続けなければならない。多くの人はやがて自分で自分の身体を見放し、女物の服を脱ぎ捨てる。

その瞬間がおとずれなければいいと思う。摩耗していく肉体をかかえながら、意地を張って愛らしい服を着続けるユヅキの姿を見たいと思う。私とユヅキは違う。いとおしさだけでなく、きたならしいよどみがいつまでも私の内側に残り続ける。それでもまた私は彼女を誘うだろう。夜のバーへ、少し高いレストランへ、あるいは日差しが肌を焼くような海辺へ。ユヅキのそばへ寄って、頭を撫でた。彼女はいやがる素振りを見せなかった。

ユヅキさ。

ん。

おれが女装するの、どう思う。

彼女は視線を上げて、バーで女装してる人たちと話すのは楽しいけど前から一緒に女の格好して誰かと街を歩ければいいなって思ってたんだ、それがタカシさんなら一番楽しいんじゃないかな、と答えた。考えてみるよ、と私は言った。

おそらく私はまた女の服を着るようになるだろう。毎回外へ出るたびにそうするわけではないにせよ、寒くなればコートをまとうのと同じような感覚で、女物を着たくなれば自然にそれを肌にのせてユヅキやバケ子を誘うだろう。妻のことを考えた。彼女に、いろいろなことを話さなければならない。私と彼女は互いの交友関係に口出ししないと決めている。バケ子の家を使わせてもらってばれないように女装することも十分に可能だと思う。それでも私はユヅキについて、それから私が女物の服を着ていた過去と現在について、彼女に語らなければならない。妻がどのような反応をするのかはまったく予想がつかなかった。いつもの調子でへえそうなんだ早く言ってよと答えるだけかもしれないし、私をののしりユヅキと連絡を絶つよう求めてくるかもしれない。彼女に気持ち悪いと言われることは、おそろしかった。それでも私は彼女の正面にすわって話し続ける。生まれたよどみのすべてを消すことはできないと分かった上で、ありかたを受け入れてもらうための言葉を積み重ねていく。それなりにたくさんの時間が必要になるとしても。黒のドレスをまとい隙のないメイクをほどこして外を歩きたいという欲望は、はっきりとしたかたちで生まれてしまっている。

ダイエットするかなあ、と私はつぶやいた。

唐突だなあ。

十キロ落とせば、女物の服を着てもパンパンにはならないと思う。

いんじゃない、たぶん、そっちの方が楽しいよ。

もう一度階段に腰を下ろして缶ビールの残りを飲んだ。ぬるくなり始めたビールの味は、悪いものではなかった。へへへと笑いながらユヅキが私の頭を撫でた。誰かに髪をいじられる感触は、ずいぶんとなつかしい。ウィッグがずれるからやめろやと言うも、彼女の手は動きを止めなかった。

顔を上げているのが照れ臭く、視線を下にやった。ハイヒールを履いた足の甲が目に入った。その中心に、これまでに見たことのない細く縮れた紫色の毛が生えていた。最初は糸くずかと思ったが、触れてみるとそれは間違いなく私の皮膚とつながっていた。いつまでも身体は変わり続けていく。私たちはそれを飼いならしたり抵抗したりしながら、つきあう。伸びた毛を指先でつまみ力を入れて引っこ抜くとぴりっとした痛みが足に走った。

何度見ても、その毛は黒でも白でもなく、はっきりとした紫をしていた。長く見ていたいものではなかった。指先ではじいた毛は地面に落ち風に流され、すぐに街灯のひかりが届かない遠くへと消えていった。

写真＝竹之内祐幸
装丁＝川名潤

坂上秋成（さかがみ・しゅうせい）

1984年生。早稲田大学法学部卒。小説家。主な著作に『惜日のアリス』『夜を聴く者』（河出書房新社）、『モノクロの君に恋をする』（新潮文庫nex）、『ビューティフル・ソウル』（講談社ラノベ文庫）などがある。小説以外の仕事として『TYPE-MOONの軌跡』『Keyの軌跡』（星海社新書）がある。

ファルセットの時《じ》間《かん》

二〇二〇年七月九日　初版第一刷発行

著者　坂上秋成
発行者　喜入冬子
発行所　株式会社筑摩書房
一一一-八七五五　東京都台東区蔵前二-五-三
電話番号　〇三-五六八七-二六〇一（代表）
印刷・製本　中央精版印刷株式会社

ISBN978-4-480-80495-2 C0093

◉筑摩書房の本◉

未知の鳥類がやってくるまで

西崎憲

「行列」「開閉式」「東京の鈴木」などSF的・幻想的・審美的味わいの作品と、書下ろしの表題作をはじめ本をめぐる冒険の物語で編む全10作の短篇集。

ポラリスが降り注ぐ夜

李琴峰

多様な性的アイデンティティを持つ女たちが集う二丁目のバー「ポラリス」。気鋭の台湾人作家が送る、国も歴史も超えて思い合う気持ちが繋がる7つの恋の物語。

変半身《かわりみ》

村田沙耶香

その島はすべてを狂わせる――。演劇界の鬼才と練り上げた世界観を基に、人間が変わり世界が変わりゆく悪夢的現実の圧倒的甘美さを描いた村田沙耶香の新境地！